歩いても　歩いても

是枝裕和

幻冬舎文庫

歩いても　歩いても

それは今から7年も前のことで、僕は40歳を超えたばかりだった。確かにもう若くはなかったけれど、人生をマラソンにたとえれば、まだ折り返し点を過ぎてはいない。そう思っていた。

僕はこの年の春に結婚し、夫になると同時にいきなり小学5年生の男の子の父親になった。つまり、結婚相手の女性が子連れの再婚だったわけだ。別に珍しいことじゃなかった。「普通」だ。ちなみにこれはその男の子——名前をあつしと言った——の口癖だった。

「上出来よ。あんたにはもったいない」

そうからかわれて、僕はまんざらでもなかった。歳は2歳しか違わないのに、姉には小さい頃からいつも子供扱いされていた。その後遺症が、今も僕の側にはあったのだ。父は、何も言わなかった。もっとも父は結婚以外のことも、僕についてはほとんど何も言わなかった。恐らく興味が無かったのだろう。母は、相手がどんな女性かというよりも、ともかく結婚したという事実に肩の荷を降ろしたように見えた。もっとも、本心では、どうやらこの結婚に納得していなかったようだけれど。

父も母も70歳を超えてはいたが、まだその頃は健在だった。いつか彼らは先に逝くのだということはもちろん承知していたが、それはあくまで「いつか」だった。具体的に自分が父や母を失う状況を想像出来てはいなかった。あの日、何か決定的な事件が起きたわけじゃあない。でも、水面下ではもういろいろなことが始まっていて、僕はそのことに気付いていた。にもかかわらず、気付かない振りをしたんだ。そして、はっきりと気付いた時には、僕の人生は随分先までページが捲《めく》られていて、どうすることも出来なかった。その時父と母は、もう亡くなってしまっていたのだから。

あれからかなり長い歳月が流れたような気がするけれど、あの時こうしていればとか、今ならもっとこうしてやれたのにとか……。未だにそんな感傷に襲われることがしばしばある。その感情は消え去ることなく、時間とともに淀み、むしろ流れを遮ってしまう。失うことの多かった日々の中で、僕が得たものがひとつだけあるとしたら、人生はいつもちょっとだけ間に合わない——。そんな諦《あきら》めにも似た教訓かも知れない。

「やっぱり最終で帰ろうか。8時に向こう出れば余裕で間に合うでしょ」

土曜の午前中の空《す》いた電車に揺られながら、僕は携帯電話の乗換案内をゆかりに見せた。

「もう泊まるって言っちゃったんだから。着替えも持って来ちゃったし」

彼女は膝の上に抱えたバッグを不服そうに叩いた。ふたりの間に座って、あつしはさっきからゲームに夢中になっている。今日は白い半袖のシャツに黒の七分丈のパンツを穿《は》き、黒の革靴を合わせている。昨晩ゆかりがあれこれ考えた末に選んだ、とっておきの〝よそゆき〟だ。

昨日のお昼過ぎに母から電話があった時、つい「泊まってくよ」と言ってしまった。

「あら、そうなの？」

母は電話口で跳ねるような声を出した。その声を聞いて、これなら日帰りにしても大丈夫だったかな、と僕はとっさに思い直した。でも、気の利いた言い訳もすぐには思い浮かばず、そのまま電話を切ってしまった。その場の状況に流されてあとになって後悔するのは僕の悪い癖だった。

品川駅から乗った京浜急行が駅をひとつ通過する度に、その後悔は僕の中で大きくなっていった。窓の外に流れていくビルの窓ガラスに、白い雲と青空が四角く切り取られて映っている。9月に入ったとはいえ今年の残暑はかなり厳しく、今日も昼前には30度を超すらしい。朝のニュースでそう言っていた。バス停から家までの坂道を歩くのが億劫《おっくう》そうだ。

久里浜の海岸の近くにある僕の実家では、どんなに暑くても滅多にクーラーのスイッチは入れなかった。

(背中に汗をかくくらいが身体にはかえっていいんだ)

父のそんな哲学を押しつけられて、家族はみなその健康法を実践させられていたからだ。その習慣は今も変わらない。

暑いのが大嫌いな僕はその理由だけで実家に帰る足が遠のいた。最近は年に一度の正月休みでさえあれこれと言い訳を考えて極力帰らないようにしていた。

僕たちの乗った電車が上りの急行とすれ違い、車両が軋《きし》むような大きな音を立てた。

「何かさあ、PTAの集まりが急に入っちゃったとかさ……」

僕の思いつきの一言を聞いて、ゆかりは人差し指をゆっくり自分に向け、

(私に何とかしろって言うの?)

と、訝《いぶか》しそうな顔を僕に向けた。

「うん、駄目かな？」

きっと僕は縋《すが》るような眼をしていたのだろう、ゆかりは大きなため息をついた。

「あなたすぐそうやって他人《ひと》のせいにするんだから」

確かに種を蒔いてしまったのは僕だったから、自業自得なのはわかっている。ただ、理由は別に僕でなくてもかまわない。いざとなったら、あつしに病気になってもらおうとさえ僕は考えていた。

電車が川を2、3本越えると窓の外に広がっていたビルがすっかり無くなって、空が広くなった。

遊園地にでも行くのだろうか、向かいのシートに家族連れが一組座っている。男の子がふたり母親のバッグを覗き込み、中からおにぎりを取り出した。コンビニエンスストアで売っているやつだ。きっと朝ご飯がまだなのだろう、兄弟はおにぎりを奪い合っている。まだ20代後半にしか見えない父親は、子供たちが騒ぐのにはおかまいなしにスポーツ新聞を広げている。そこにはベテランのプロ野球選手の引退のニュースが掲載されていた。たぶん彼とは同い歳だったはずだ。僕は思わず見出しを眼で追った。甲子園での彼の活躍をテレビの前で興奮しながら観ていたのが、つい昨日のように感じられる。

「帰っても話すことないんだよなぁ。親父なんか未だに俺のことプロ野球のファンだと思ってるんだから」

「プロ野球」という一言に反応して、あつしがはじめてゲームから顔を上げた。

「良ちゃん野球好きなの？」

その言葉の響きには野球なんか好きなのかという、驚きと軽蔑の入り混じった匂いが感じられた。

「昔だよ。ずうっと昔ね」

僕は自分の子供時代を否定するように、慌ててそう言葉を継いだ。

ふうんと呟くと、あつしはさっさと又ゲームに戻ってしまった。この世代の男の子にとってスポーツといえばサッカーかバスケットボールだ。あつしも地元のバスケットのチームに今年の春から通っている。「楽しい？」と僕が聞くといつも彼は「普通」と答え、その度にゆかりに叱られた。あつしのクラスの中には野球など一度もしたことがないという子供が沢山いるらしい。そう言えば街中でキャッチボールをする子供の姿も最近ではあまり見掛けなくなった。僕の子供の頃の写真を見てみると、クラスのほとんどの男の子は野球帽をかぶっているけれど。

「言っておきますけどね、私のほうがよっぽど緊張してるのよ。わかってないと思いますけど」

ゆかりはあつしの寝ぐせを手で直しながら言った。

「わかってます。わかってますよ」

そりゃあそうだろう。両親の待つ実家に息子の結婚相手として顔を出すのだ。しかも彼女はバツイチで僕は初婚。緊張するのも無理はない。だから「無理しなくてもいいよ」と僕は何度も言ったのに。

「そういうわけにもいかないでしょう」と彼女が自分から行くと言ったのだ。「だから言ったじゃないか」と言おうとして僕はさすがにやめた。これ以上今の彼女を刺激するのは得策ではない。僕は手にしていた携帯電話を胸のポケットにしまった。


まだ東京ドームになる前の後楽園球場に、父と兄と3人で野球の試合を観に行ったのは多分僕が小学校4年生の時だ。ライトに照らされた芝生の鮮やかなグリーンとそこに反響する打球の音。歓声。12回表。応援していた大洋ホエールズがチャンスを迎え、一打逆転という時に、終電がなくなるからと僕たちは渋々球場をあとにした。うしろ髪をひかれながら入口を出たその瞬間、乾いた打球音と大歓声が響き、僕たちは顔を見合わせた。帰ろうとしていた客の波が一気に逆流する。父は何も言わずに振り返ると、あっという間に人波を押しのけて球場の中へ戻ってしまった。兄と僕は手をつないでその背中を必死で追った。結局その日は久里浜の家までタクシーで帰った。試合はどちらが勝ったのか覚えていないけれど、その時の父の嬉々とした背中と、いたずらっこのように輝いた眼は今でも僕の脳裏に焼き付いている。それは日頃患者や家族の前で見せる威厳のある、というか、不機嫌そうな〝先生〟の表情とはまるで別人だったからだ。

それはもう30年も前の話だ。なのに父は気まずい沈黙が僕たちふたりの間に訪れると未だに野球の話題を持ち出した。

「どうかな……今年のベイスターズは」

「知らないよそんなこと。もう興味ないよ野球なんか」

そう言ってしまったほうがお互い楽になれたのかも知れない。でも、そうはしなかった。

「あぁ……どうなんだろうね」

いつもそんなあいまいな返事を僕は繰り返した。

1年振りに降りた駅は随分様子が変わっていた。南口の改札を出て左に折れるとバス停へ降りる階段がある。その途中にあった立ち喰いそば屋は、券売機が設置されガラス戸がはめられていた。汚れた手書きのメニューもすっかり壁から無くなっている。タクシー乗り場の脇にあった小さなたい焼き屋もコンビニエンスストアに模様替えされている。駅前は開発が進んで一見洗練されたようだったけれど、なんだか街の匂いというものがそこからは消えてしまっていた。しかも、新しくロータリーになったおかげで、自分の家へ向かうバス停がどこなのかがわからない。駅ビルの果物屋で買った西瓜を提げてあちこちウロウロしてしまい、ようやく見付かった時には3人とも汗だくになっていた。

僕たちはバスの出発時間だけ確認して喫茶店に入ることにした。ここも僕が高校生だった頃は、辛くないカレーだのベトベトのナポリタンだのを出していた薄汚れた店だった。今は形だけはファミリーレストランに様変わりして、ドリンクバーも置かれていた。その前であつしがさっきからコップを口にあてて思案している。その姿だけ見ていると、どこにでもいる、それこそ「普通」の10歳の男の子なのだけれど。

「ちゃんと聞いてね、お姉さんに」

向かいの席に座ってストローの袋を結んでいたゆかりが、昨晩の話を又持ち出した。僕はわざと（何？）という顔をして彼女を見上げた。

「引越のこと」

あぁ……そのことか、とわかってはいたが言ってみた。

「一緒に考えたほうがいいんじゃない？　お父さんのこともあるし……」

「姉キが考えるだろう、それくらい」

僕は吐き捨てるように言った。そんなことは僕たちには関係の無い話だ。

姉の家族は今、夫の会社が用意してくれた三鷹の社宅で暮らしている。ふたりの子供も大きくなってそこが手狭になったので、もう使わなくなった父親の診察室を壊して、実家を二世帯住宅にしよう。姉はそう目論んでいるのだった。夫の信夫は養子ではなかったが三男で、福島の田舎にいる両親の面倒を見る義務もない。恐らくこの計画が実現して実家に戻ったら、姉は子供の世話を母に任せて、テニスだ旅行だと若い頃のように又遊び歩くつもりなのだろう。

「俺は今さら戻る気ないしさ、姉キが面倒見てくれるのなら、大助かりなんだけどな」

それが正直な僕の気持ちだった。父と母から解放され、あの家からも逃れられるのなら、土地と家くらい姉に譲っても別に惜しくはなかった。

「そういうわけにもいかないでしょう。あなた一応長男なんだから」

「次男だよ、俺は」

(わかってますけど……)というように、ゆかりはうんざりした表情を僕に見せた。

ゆかりは、財産（と呼べるかどうかはともかくとして）を姉に取られるのが惜しくてそんなことを言っているのではなかった。家族の一員なのに、家の問題に無責任な態度をとっている僕を責めているのだ。それは批判のしようのない正しさだ。僕のような人間には、彼女のその正義感が鬱陶しい時が正直あった。むしろ「家の半分はあなたにも権利があるんだから」と言ってくれたほうがまだ気が楽だったのだ。今さら僕がこの引越の話題に首を突っ込んでも、かえって拗《こじ》れるに決まっている。ここは任せておけばいいのだ。ちゃっかり者の姉のことだから、きっと母を味方につけて、うまくやるだろう。

僕はコーヒーを一口だけ飲んだ。酸っぱいだけで苦味のない、昔と同じ不味いコーヒーだった。

あつしがようやくドリンクバーから戻って来て、ゆかりの隣に座った。なみなみと注いだグラスをこぼさないように慎重にテーブルの上に置く。コーラにしてはちょっと色が薄い。

何それ、と、ゆかりが眉間《みけん》に皺《しわ》を寄せて聞いた。

「コーラとジンジャーエールのミックス」

あつしは自慢気に言った。

「別々に飲めばいいじゃない。せっかくお替わり自由なんだから」

ゆかりは顔をしかめ、「貧乏くさい」と小さく呟くと、ポーチを持って立ち上がった。

きっと汗でくずれた化粧を直すのだろう。

テーブルには僕とあつしのふたりだけが残された。急に店内の音楽が大きくなった。いや、そんな気がしただけなのかも知れないけれど。

電車の中にいたような親子連れが、何組か店内で早目の昼ご飯を食べている。中央のテーブルでは5歳くらいの男の子がデザートのチョコレートパフェを食べていた。クリームの上にのったさくらんぼを母親がとって食べようとするのを怒って取り戻した。「嫌いなくせに」と母親は文句を言っている。男の子はそんな母親をじらすようにさくらんぼを脇へよけると、バニラのアイスクリームに先にスプーンを突っ込んだ。

チョコレートパフェには苦い思い出があった。昔、久里浜の家に引越してくる前に、僕たちは東京の板橋に家族5人で住んでいた。古い木造住宅で平屋だったけれど、一応一戸建てだった。最寄り駅は東武東上線の上板橋で、当時はまだ駅前にも大した商店街がなく、僕たちは買い物というと池袋に出掛けた。特に貧乏だったわけではないのだけれど、レストランなどという気取った場所に子供を連れて入ることを父は嫌った。お昼を食べることになってもたいていは地下街の「ミカド」という中華料理屋に入った。父はそこで必ずタンメンとギョウザをたのんだ。僕はだてまきがのった五目そばが好きだった。たまにだったけれどデパートの8階のレストランへ行くこともあった。レストランといっても、食券を買って大広間で他の客に混じって食べるような大衆食堂だ。それでも当時の僕は充分胸が躍ったものだ。そのレストランでもハンバーグとかオムライスとか、腹にたまるものを注文するのが常だった。ホットケーキとかデザート類を、特に男の子が食べるのを父が快く思っていなかったからだ。しかし、その日はどうしたわけか父の機嫌が良くて「好きなものをたのめ」と子供たちに言ってくれた。僕は悩みに悩んだ末にチョコレートパフェを注文した。細長いスプーンとフォークが僕の眼の前の白い紙ナプキンの上に並べられた。もうそれだけでわくわくした。

しかし、日曜日で店が混んでいたからか、いつまで経《た》っても注文した料理が出て来ない。父は次第に不機嫌になっていった。最初にハラハラしだしたのはプリンアラモードをたのんだ姉だった。小学校の5年生ぐらいだったろうか、姉は学校での楽しい出来事を思い出しては父に話しかけ、場をつなごうと必死になった。40分程経ったろうか、それまで腕組みをして姉の話を聞いていた父が、いきなり半券を手に立ち上がると、店の出口へ向かってスタスタと歩き出した。何度も同じ経験をしている兄は諦めたように父の後に続いた。姉は母の袖口をひっぱって（私たちだけでももう少し待とう）と抵抗している。でも、母は力無く笑いながら「又今度食べさせてあげるからさ」と言って、姉の手をひいて歩き出した。僕は、その間ずっと厨房の出入口を睨《にら》んでいた。父は（金を返せ）とレジで店員とやり合い始めた。テーブルのナプキンもフォークもスプーンもそのままだ。「まだ間に合います。今すぐ出て来て下さい」僕は心の中で神様に祈った。しかし、結局厨房からは誰も出て来なかった。その日が、僕が一番チョコレートパフェに近付いた日だった。その後も何度かデパートの食堂へは行ったが、二度と父は（好きなものをたのめ）とは言わなかったから。父がまだ僕たち家族にとって「絶対」だった頃の話だ。

ブクブクという音がして僕は我に返った。あつしがストローでコーラに息を吹き込んで遊んでいる。思ったほど美味しくなかったのかも知れない。ゆかりが見たら「お行儀が悪いからやめなさい」と言うに違いない。それを承知の上でやっているのだ。僕を試しているのか？　怒ってほしいのだろうか？　父親がそうするみたいに……。でも、僕には父らしく振る舞う心の準備がまだ出来ていなかった。

「学校どう？」

悩んだ挙げ句に、僕はあたりさわりの無い質問をした。

「普通」

予想した通りの答えが返って来た。これも又ゆかりが一番嫌っていることのひとつだったけれど。

「普通、ね……」

「うん」

あつしは屈託なく頷《うなず》いた。視線はグラスから上げないままだ。

「あのさぁ……うさぎのこと。昨日ママから聞いたんだけど」

「………」

あつしはグラスの中の氷をストローでいじっている。聞いているのかいないのかわからない。

ゆかりの話だと、クラスで飼っていたうさぎが病気で死んでしまい、放課後にお葬式をしたらしい。みんなが泣きながらお別れをしているその時に、あつしだけクスクスと笑ったというのだ。こういうことは今の学校ではすぐ親に報告が入る。

「なんで死んじゃったのに笑ったの？」

「面白かったんだもん」

「何が」

「だって怜奈ちゃんが、みんなでうさぎに手紙書こうって言うんだもん」

「いいじゃない、書けば、手紙」

僕はことさら明るく言った。

「誰も読まないのに？」

問い掛けるようにそう言うと、あつしは初めて視線を僕に向けた。その視線を受け止めるだけで、僕は精一杯だった。いや、正確に言うと受け止めたのではない。目を逸《そ》らせなかっただけだ。（きっと天国で読んでくれるよ）などという子供だましはとうてい通用しない。大人よりもリアリスティックな諦観を僕はその瞳の中に見たのだ。そうだ。目の前にいる少年は、この年齢で父親の死という大きな喪失を体験しているのだ。哀しみの深さに年齢は関係ない。その喪失は、僕には簡単には理解出来ないはずだ。だから出来るだけ触れないようにしておこう。当時の僕はそう思っていた。今ならもう少し、僕も彼の喪失と向き合えるのではないかと思うけれど。

　先に目を逸らしたのはあつしのほうだった。僕は救われたような気がしたけれど、それでもまだ救いを求めるように化粧室のほうを振り返った。ゆかりはまだ出て来ない。僕の背中の汗はもうすっかりひいていて、むしろひんやりと冷たかった。その後、僕たちはバスケットボールの話などしながら、ゆかりが戻って来るまでの時間をなんとか無難に過ごした。

　海沿いの小さなバス停で降りてから、家までは又15分程坂を上る。背中に海を見降ろしながらしばらく坂道を歩くと、こんもりとした雑木林が目の前に現れた。その中を急な石段が一直線に昇っている。子供の頃自転車を担ぐようにしてこの石段を昇り降りしていたのが今では信じられない。僕は西瓜を持ち直すと「よし」と自分に気合いを入れた。午前11時を少し過ぎたあたりだろうか、夏の終りを感じとった蟬《せみ》が必死で鳴いている。緑のトンネルに包まれながらそこを歩いていると、何だか天国への階段を昇っているような錯覚に襲われる。

僕はふたりの少し先を歩きながら、大学の後輩に電話を掛けた。美大のサークルで一緒だった戸波は、今は美術とは全く関係ない大手の出版社で働いている。一昨日の晩、僕は履歴書を持って彼のもとを訪れ、書籍編集部の上司を紹介してもらった。つまりは再就職のための面接を受けたのである。四十歳を過ぎて履歴書を書くとは、正直思ってもみなかったけれど。

「ねえ、良ちゃんって言うのなんとかならない？」

ゆかりがあつしにそう問い掛けるのが、蟬時雨《しぐれ》の奥に微《かす》かに聞こえた。

「今日だけでもさぁ……ママ助けると思って……」

「良ちゃんは良ちゃんだもん」

「もう、わかってるくせに……」

ゆかりは大きなため息をひとつ吐《つ》いた。

呼び出し音は10回程鳴って留守番電話のメッセージに変わった。僕は立ち止まって、ふたりが追いつくのを待った。

「出ないなぁ、戸波のやつ」

「土曜日お休みなんじゃないの、出版社。月曜日に又掛けてみれば……」

僕はあいまいに相槌をうって携帯をポケットにしまった。

「内緒な、仕事のこと。向こうでは……」

僕はそう、念を押した。

「ええ……」

うんざりしたようにゆかりの語尾が上がった。

「頼むよ、今日だけ何とか乗り切ればさ、しばらく会わないんだし」

「親子なんだからそんなに見栄はらなくたって」

「親子だからさ。失業中なんて口が裂けたって言いたくないんだよ。あの人には」

「もう……。お義父さんのことになるとすぐムキになるんだから」

ゆかりが僕の再就職を急《せ》かさないことには感謝していた。しかし、彼女自身学芸員の資格があって、今美術館から貰っている給料は僕が絵画の修復工房で働いていた時よりもはるかに高かった。だから、むしろ僕の収入というか存在をあまりあてにしていないのではないかという不安に時々襲われる。まぁ、そんなことはとるに足りない古い男のプライドだった。

しかし、イイ歳をした男が女に食わせてもらっているというようなことを、父が一番嫌うのも又疑いようがなかった。

会うたびに父は「仕事はどうしてる？　食えているのか？」と僕に聞いた。その一言は僕の人生を責めているようでいつも苦痛だった。しかも会うたびにたいてい僕の仕事は変わっていた。美大を卒業したあと、しばらく予備校や美術館でアルバイトを続けていた。絵を描いてみたこともあったが、それで食っていく覚悟も才能も無いことは自分が一番良く知っていた。30歳を過ぎてから絵画修復の学校に通い始めた。学費は父に内緒で、こっそり母に出してもらった。当時はほとんど音信不通になっていたから、僕が頼ったことをむしろ母は喜んでくれた。卒業して学校の教授の工房で働かせてもらった。腕が良かったからではない。きっと就職先が無くて一番困るのが僕だと思って同情してくれたのだろう。ゆかりとはそこで出会った。しかし、そこの給料ではひとりで食べていくのが精一杯だったから、結婚を機に退職した。ただ、今時何の資格もキャリアも無い40歳の男が再就職先を探すのは、思った以上に難しかったのだ。

父にとっては仕事が人生のすべてだった。そう考えていない男に価値はないとさえ思っていた。そんな人間に向かって（仕事で成功するだけが人生じゃない）などと言ってみたところで、負け犬の遠吠えだと思われるのが関の山だった。どうせ話してもわからないのだから、僕はこの一日の間だけは、まだ絵画修復の工房で働いていることにしておこうと決めていた。

正月までにはきっと次の仕事も見付かっているはずだ。いや、そうでないと困る。

坂を上り切ると目の前に青々とした山が見えた。子供の頃から見慣れた風景だ。太陽が少しだけ近付いた気がした。いったん止まっていた汗が、いつのまにか又背中を流れている。

「148」

最後の石段を昇ったところで、あつしがそう言った。ずっと数を数えながら歩いて来たのだ。

（本当に子供なんだか大人なんだかわからない）

僕はあつしに笑顔を向けながらそう思った。


実家の表には姉家族の白い車がもう停まっていた。車の種類など僕は全くわからないが、家族でキャンプに出掛けるのに便利な大きいやつだ。確かテレビのコマーシャルでそう言っていた。そのCMを観るたびに、いったいどこに子供と友達のように仲の良い父親がいるんだと訝しく思っていたけれど、姉の夫がまさにそんな人だった。

夫の信夫は車の販売会社の営業所で働いている気さくな男で、相手が客でなくてもいつも笑顔を絶やさない。絵に描いたようなマイホームパパでまさに父とは逆のタイプだった。姉が結婚してどんな家庭を築きたかったのか、彼に会った瞬間僕にはわかった。昨晩は姉がひとりで先乗りして母の料理を手伝っていたはずだから、信夫とふたりの子供達は朝早く家を出たのだろう。今日一日、陰のない妙に明るい笑い声の中で過ごさなければならないかと思うと、又一段と気が滅入った。相対的にこっちの家族が陰気に見えるし、だからといって向こうに合わせて無理に陽気に振る舞うような真似は今さら出来なかった。

「横山医院」という白い看板が車に半分隠れるようにして立っているのが視界の隅に映った。父が診療を止《や》めてもう3年になるはずだ。なのにこうして昔通り看板を出しているのは、そのままにしておけば、周囲の人たちからいつまでも「先生」「先生」と呼んでもらえる。きっとそんな思惑からだろう。まったく父らしいとしか言いようがない。僕は眼をそむけるようにして玄関のベルを押した。

家の奥で呼び鈴が響いたのを確認して、僕はドアを開けた。母と、姉のちなみが廊下の奥から小走りにやって来る。

「こんにちは」

僕は精一杯元気に言った。

「ただいまでしょうが、自分の家なんだから」

やぁねぇと母は右手を顔の前で払うようにした。

「お邪魔します」

僕の背後からゆかりがいつもより少しカン高い声を出した。緊張して声が上ずっている。普段は男まさりで、人前でもあがるようなことは滅多にない。3つも歳下なのに僕よりもよっぽど肝のすわった人間なのだけれど、さすがに今日はちょっと違うようだ。

「いらっしゃい。暑かったでしょう……」

母はすばやく板の間に正座をすると、両手を揃えてお辞儀をしてみせた。

「こんにちは」

あつしが子供らしい声を出してペコリとお辞儀をする。

「まあ、お利口さんだこと」

母は大げさに感心してみせると、3人分のスリッパを並べ始めた。

「これ、この間の忘れ物」

ゆかりがちなみに帽子を手渡した。夏休みに信夫の車で一緒にお台場に遊びに行ったらしい。その時入ったレストランに、睦《むつ》が帽子を忘れたまま帰ってしまったようだ。

「ごめんね。あのバカ、出掛けると必ず何か忘れて来るのよ、まったく」

姉は指先でくるくると帽子を回して笑った。

僕の知らない間にふたりは随分仲良くなっているようだ。

「駅前変わったんだね。迷っちゃって汗びっしょりだよ」

「滅多に帰らないから浦島太郎でしょう」

母は、家に寄り付かない僕への非難を、言葉の裏にやんわりと込めた。気付かない振りをして僕は話を続けた。

「あの細長い本屋もなくなっちゃってるしさ」

「ご主人ここ悪くして入院しちゃってね、店番誰もいなくなっちゃったもんだから」

母は手で胸を押さえながら眉をひそめた。駅前のパチンコ屋の脇にあった古い本屋は、マンガや雑誌を立ち読みする為に学校帰りによく立ち寄った。平積みになっていた「GORO」という雑誌のヌードグラビアを開いている時に、クラスの女の子とはち合わせをした苦い経験のある本屋だ。店番のおやじはレジの脇で囲碁の本を開きながら、いつも難しい顔をして煙草を吸っていた。

「これ、風呂場で冷やしてさ……」

僕はスリッパを履きながら西瓜を持った手を持ち上げて、あと……と、うしろを振り返った。

「お義母さん好きだっておっしゃってたからシュークリーム」

練習したようなタイミングでゆかりがケーキの箱を母の前に差し出した。

「まぁ嬉しい。じゃあ、先に仏様にお供えして……」

母は拝むようにケーキの箱を押し戴くと、立ち上がってあつしの背中を押しながら廊下を歩き出した。僕は玄関脇の待合室の奥にある診察室をチラッと見た。恐らくその向こうには僕たちのやりとりにきき耳をたてている父がいるはずだ。しかし、こういう時玄関に出て来て「暑かったろう」と声を掛けるような真似を彼は決してしなかった。僕もわざわざ診察室のドアを開けて「久しぶり」と気さくに声を掛けることは無かった。

「きれいですねぇ、何流でしたっけ？　お義母さん」

ゆかりは玄関脇に飾られた活け花を横に見ながら大きな声を出した。

「自己流よぉ……」

母は照れくさそうに言った。誉められてまんざらでもないようだった。

昨晩のこと。母の活け花の流派を聞かれた僕は、「裏とか表とか？」と聞き返してゆかりに笑われた。「それはお茶でしょ。やあねぇこれだから男の子は。小原とか池坊とかよ」

ゆかりとしては家に到着してすぐに嫁としての点数を稼いでおこうと思ったのだろう。しかし結局流派はわからないままここへやって来てしまったのだ。まぁ結果オーライのポテンヒットというところだろうか。

「ほんと、母さんインチキなの。会社入って習ったら全然違うんだもん」

「いいじゃない、きれいなら何だってねぇ……」

母と娘はそんなやりとりを待合室に響かせながら居間へ消えて行った。

確かに僕が子供の頃から家の中にはいつも花があった。玄関や台所のテーブルに飾られたり、仏壇に供えられたりしていた四季折々の花。食べるものや着るものには一切無駄使いはしない人だったけれど、母にとって花だけは特別だったようだ。確かに花を活けている時の母は、珍しく穏やかな表情をしていたような気がする。


これはずっと後になってからの話だけれど、母が倒れたという連絡を受けて実家へ慌てて駆けつけた時も、玄関には正月用の花が既に飾られてあった。僕たち家族は31日には里帰りをして、正月は久しぶりに実家で過ごす予定になっていた。その時の花は菊とスイセンとカーネーション。それにナンテンのような赤い実がアレンジされていた。あとで姉に聞いたらマンリョウというのだと教えてくれた。種類を沢山使っているわりにはスッキリとまとめられていて、確かにお正月らしい気がした。冷蔵庫の中には僕の好物のハムや錦卵《にしき》やらがもうすっかり準備され、小さな鏡餅もテレビの上に置いてある。僕たちの訪問を心待ちにしていた様子が手にとるようにわかった。

（九日《くんち》もちっていうのは縁起が悪いのよ）

そう言って母は正月の準備や買い物は前日の28日までにすべて済ませていたから、きっとこの時もそうしたのだろう。僕らは結局母の入院先と、主のいない実家を行ったり来たりしながら正月を過ごすことになった。三が日が過ぎ、松の内が明けて玄関先に飾られた花が枯れても、この時ばかりはなかなか捨てられなかった。それが結局母が活けた最後の花になるだろうということを、僕らは薄々気付いていたからかも知れない。でもこうした準備をありがたく思い出すのはずっと先のことで、この時はそんな母の行為のひとつひとつが、押しつけがましく感じられて僕にはただ鬱陶しいだけだったけれど。

居間の仏壇にシュークリームを供えると母はローソクに火を点けた。僕は線香にその火を移し、鈴《りん》を叩いて目を閉じた。ゆかりとあつしも僕の隣に並んで手を合わせた。仏壇には白と薄紫の小菊の花が供えられている。その花の隣で、写真の兄は20代の屈託のない笑顔を見せている。白衣姿で病院の中庭に立っているところを見ると、インターンを終えて大学病院で働き始めた頃だろうか。もう結婚を間近にひかえていた時期かも知れない。

鈴の音の向こうから、子供達の笑い声が急に近付いて来た。中庭の奥が隣のアパートの駐車場と繋がっていて、ちょうど良い遊び場になっている。きっとそこでキャッチボールでもしていたのだろう、ちなみと睦のふたりがボールをぶつけ合いながら戻って来た。

「やあ、久しぶり」

ふたりを後から追い掛けて来た信夫が、僕を見付けて声を掛けた。

「こんにちは」

僕が返事をする前に長女のさつきが父に負けない声で挨拶をした。

「こんにちは」

ゆかりが笑顔で返す。

日焼けサロンか何かに行ったのだろうか、信夫の肌の黒さには全くむらがなかった。

「いい色に焼けてますねぇ、ハワイですか？」

「いやいや」

信夫は大げさに顔の前で手を振った。

「どこも行く暇なくてね。悔しいから近所の公園でさ」

「海パンいっちょで歩いてるのよ。やんなっちゃう」

姉にそう言われて信夫は逆に嬉しそうに頭を掻いている。その信夫の隣で、さつきが笑っている。その笑顔が小さい頃の姉にそっくりでちょっとドキリとする。

「あれ？　さつきちゃん又背伸びたんじゃないの？」

「夏休みで1・5センチ」

さつきは背伸びをしながらVサインをしてみせた。

「もうすぐ追い抜かされそうねぇ」

ゆかりが仏壇の前から声を掛ける。

「よく食べるもんねぇ」

姉も呆れたように笑っている。

「睦はまだやってるの？　剣道」

僕は右手で竹刀を振る真似をしてみせた。確か今年のお正月に会った時には友達に誘われて近所の体育館で習い始めたと話していた。

睦は黙って下を向いてしまった。

あれ？　と、信夫がからかうようにその顔を覗き込む。

「やめちゃったのよ。防具まで買ったのに」

睦は何をやっても長続きしないらしく、姉の言葉にも非難めいたところがあった。

「だって暑いんだもん。臭いし……」

言い訳とも愚痴ともつかない睦のその一言に、居間にいた一同が笑い声を上げた。

「あっ。お爺ちゃん出て来た」

その時、信夫が急に大きな声を出して縁側から立ち上がった。信夫の声に居間にいたみながいっせいに台所のほうを振り向くと、そこに父が立っていた。

「ご無沙汰しています」

座っていた座布団を慌てて脇にずらし、ゆかりは畳の上に両手を揃えて頭を下げた。

「あぁ……来てたのか」

父は初めて気付いたというように片手を上げて会釈をしてみせた。

どうも……と、僕も形ばかりの挨拶を返した。本当は笑い声を聞いて出て来たに違いないのに、そう悟られるのは恥ずかしかったのだろう。居間の奥の和室に用があるふりをして通りかかり、声を掛けられて気付くという、姑息な演出を父はしたのだ。

案の定父は和室へは向かわず、居間に入って来るでもなく、今歩いて来た診察室のほうへ戻って行ってしまった。

「知ってたくせに……」

姉も僕と同じ気持ちだったらしい、聞こえよがしにそう呟いた。

「ごめんなさいねぇ愛想無しでもう……」

母がゆかりに頭を下げて、コップに新しく麦茶を注いだ。

「いいえ、うちの父も似たタイプでしたから」

ゆかりはそう言うと、両手で持ったコップの麦茶を一口飲んだ。

「純平がはじめてお嫁さん連れて来た時も、すぐに診察室に隠れちゃってねぇ……」

父への非難と兄への愛慕を同時にその表情に浮かべながら、母は仏壇の写真を手にとった。そんな母から逃げるように、僕は煙草を吸いに立ち上がった。

西瓜を持って洗面所の戸を開けた時、真っ先に僕の眼に入って来たのは洗濯機の上に並べられた歯ブラシだった。青とピンクと、その間にちょっと短い緑色のカエルの顔のついた子供用。きっと昨日電話を切ってから、母が慌てて買いに行ったのだろう。

僕は西瓜を抱えたまま、ガラス戸を開けて風呂場の中へ入った。

風呂場は全体がぼんやりとすすけていて、昼なのに灯《あかり》をつけたくなるぐらい暗かった。しばらく見ない間に湯船は黒ずんでいて、壁や床のタイルも割れて剝《は》がれ、排水口の脇に集められている。

(お風呂場の掃除は大変なのよ。特に冬場は腰にくるの)

母は、父が家事を一切手伝わないことを、家が散らかっている言い訳にしていた。でも、もはやそういう問題ではない。建ててから30年経って、家自体にガタがきているのだった。

何か見てはいけないものを見てしまったような気がして、僕はそそくさと洗面器の中に西瓜を入れ、水道の蛇口を勢い良くひねった。

子供の頃住んでいた家にはまだ水道がなく、勝手口のそばに共同の井戸があった。昭和40年代の東京の街としては、もうかなり珍しい風景だったはずだ。風呂も、僕が小学校に上がる頃までは薪で焚いていたし、プロパンガスになってからも井戸水をバケツで汲んで風呂桶に入れるのは結構な重労働だった。兄が小学校にあがるまで、母はこの仕事をひとりでやっていたらしい。西瓜を食べる時はこの井戸にたらいを持っていき、水を溜めて冷やした。夏などは近所の家と一緒に、たらいに二つ三つまとめて西瓜が入れられていたりして、その風景は見ているだけで楽しかった。最近では西瓜を食べるといってもあらかじめ切ってあるものしか買わなくなった。小さいから冷蔵庫にも充分入る。丸ごとの西瓜を大人数で食べるなんて、こんな機会でもないとしない贅沢《ぜいたく》だろう。

もったいなくはない程度に水があふれるようにして立ち上がった時、風呂場の中に見慣れない銀色を見付けた。それは洗い場の鏡の脇の手すりだった。まだ取り付けられて間がないのだろう、その手すりだけが周囲のくすんだ色から浮き立ち、曇りひとつなく輝いている。その輝きを目にした時、僕の中で一瞬心がザワついた。

昔から大掃除の時には兄が風呂場を担当し、僕が玄関を任された。僕は家にある靴をすべて玄関先に並べて、ひとつひとつ丁寧に磨いた。姉はといえば、あちこち顔を出しては文句を言っていなくなり、気が付くと台所で母と無駄話をしていた。そんな大晦日のことを何故かこの時、ふっと思い出したのだ。

僕は手すりを右手で握ってみた。

ざらつきの無い金属の冷たさが手のひらに染みた。

時計が12時を回った。台所のテーブルを囲みながら、僕たち3人は母が作る天ぷらの準備を手伝った。ししとうに楊枝で穴を開けたり、かき揚げ用のトウモロコシをほぐしたり。隣に座ったあつしがこの作業に四苦八苦して、つぶれてしまったトウモロコシの汁で手をべとべとにしている。

「ほら、こうやって親指のつけ根を使ってやるとよく剝《む》けるでしょう」

僕は粒の揃ったトウモロコシを、その芯から剝がしてみせる。

上手ねえ、と、ゆかりが感心して声をあげた。

「これだけは昔から俺の仕事だったからね……」

僕はちょっと自慢気にそう言った。

小さい頃からうちでは天ぷらといえばトウモロコシのかき揚げが定番だった。焼いたり茹でたりするよりも、甘みが一段と増すのよと母は良く言っていた。

流しの脇では、遊び終えた信夫たち親子が冷蔵庫を開けっぱなしにして麦茶を飲んでいる。腰に手を当てて飲む信夫の格好を睦が並んで真似をしているのが笑いを誘う。

「やっぱりお婆ちゃんちの麦茶は美味しいっすねぇ……」

信夫がコマーシャルタレントのようなさわやかな笑顔を見せた。日に焼けているせいか歯の白さが余計際立っている。

「スーパーで売っているパックよそれ。昔はねぇ家で煮出してたんだけど」

「そうなんですか？　じゃあ水がいいのかな」

信夫は手の中のコップをしげしげと見ている。

「ただの水道水よ」

ふたりの会話はどこまでいっても噛み合わない。

「ホントにいい加減なんだから」

流しに母と並んで、えびの背わたをとっていた姉が振り返って言った。信夫がファミレス育ちで味音痴だから、どんな料理を作っても同じなのだと姉はいつも言っている。それを自分が料理の手を抜いていることの言い訳にしていた。母と娘はこういうところが良く似ている。

「まあ、美味しいんなら何だっていいけど」

母は背中を向けたまま笑っている。

ですよね、そう相槌を打った信夫が、2杯目の麦茶をコップに注ぎ出した。

「昨日は晩ご飯何食べたの？」

姉が子供達に問い掛けると、お寿司！　と、ふたり同時に嬉しそうな声をあげた。

こら、と信夫がふたりに顔を寄せる。どうやら内緒だったらしい。

「ちょっと、今日お寿司だって言ったのに」

姉はうんざりしたように信夫を睨んだ。

「回るやつだよ。回るやつ。なあ」

信夫は言い訳に必死だ。このぶんだと財布の紐《ひも》はしっかり姉に握られているに違いない。

「足りないかと思ってお寿司頼んだんだけど、昨日食べたんじゃねぇ」

テーブルの上に並べた豚の角煮や大根とニンジンのキンピラやポテトサラダを見渡しながら母は言った。

「いいわよ。私は食べてないんだから」

姉はムキになって反論する。

姉は子供の頃から寿司が大好物だった。

「お寿司なら毎日でも」

「毎日でも」

信夫の真似をして睦が又ひときわ大きな声を上げた。

「松寿司もねえ、息子の代になってから急にネタが落ちて」

と、母は顔をしかめた。

「でもさ、あそこのウニ、軍艦が海苔じゃなくてキュウリじゃない。あれ好きなんだけどなぁ」

「一応上にしたけど……。入ってたかねぇウニ。ちょっと電話してみようか」

母はエプロンで手を拭きながら、内玄関の電話へ向かおうとする。

「いいわよ、そんなわざわざ」

麦茶を飲み終わったさつきと睦は、先を争うように冷蔵庫を覗き込み、今度はアイスクリームを物色し始めた。レディーボーデンの大きなカップがチラッと見えた。さすがにこれは姉が怒るだろう。案の定こどもたちも、その手前に規則正しく並んだフルーツ味の棒アイスに手を伸ばした。

「ご飯前なんだから、ひとつにしておきなさいよ」

姉が短くピシャリと言った。

「いいじゃないねぇ、そのために買ってあるんだから」

母は孫たちふたりにはいつもこんな調子だ。

「いいわねぇ怒られなくて、お婆ちゃんちだと」

「お婆ちゃんち大好き」

睦が又大きな声を出す。あつしとは一歳しか違わないのに、彼には子供らしい無邪気さがまだ残っていた。

「あら、惜しいわねぇ……お婆ちゃんちがついてなきゃあアイスもう1個おまけしたのに」

そう言いながら母は楽しそうに笑っている。

「出来たよ、ほら」

僕はそう言って、ザルいっぱいにほぐしたトウモロコシを母と姉に見せた。

「キレイねえ……」

輝くその黄色を見て、ゆかりが呟いた。

「だろう」

僕は自分が誉められたような気持ちになった。

ザルを上下に揺らすとトウモロコシが躍ってザクザクと乾いた音がする。

「懐かしい」

その音を聞いて姉が言った。母も姉の隣に立って微笑みながらその音に耳を傾けていた。

「ポーン。ポーン」

天ぷら鍋の中でトウモロコシがはじけて大きな音をたてる。

「おう」

「あちっ」

その度に母は、賑やかな声を上げた。

「珍しいでしょう」

遠まきに見ていた姉が、隣のゆかりに声を掛けた。

「やるわよねぇ、どこでも」

ゆかりが答えるより先に母が嬉しそうに口を挟んだ。

「やらないわよねえ」

「トウモロコシは焼くか茹でるかしか……」

ゆかりは首を傾《かし》げている。確かによその家でトウモロコシのかき揚げを食べた記憶は僕にもなかった。

「これ、誰に教わったの？　お婆ちゃん？」

「誰だったかしらねぇ……」

「オリジナルなんですか」

「きっとそうよ、お花と一緒」

ゆかりの問い掛けにそう答えて、姉は肩をすくめてみせた。きつね色になった天ぷらを、油を避けて腰をひいたまま箸でひとつひとつ皿の上に載せていく。

「そろそろ出て来るわよ。目は悪いけどね、鼻はいいから」

姉がゆかりに囁《ささや》いた時、ちょうど父が台所に入って来た。ふたりは顔を見合わせて又小さく笑った。父は僕とあつしが座っていたテーブルにまっすぐに近付くと、揚げたてのトウモロコシの天ぷらをひょいと素手で摑み、立ったまま食べ始めた。

「晩御飯まで待てなくてねぇ、この音聞くと2階から降りて来て、出来た順にみんな食べちゃうんだから」

母は鍋のほうを向いたままそう言った。ゆかりが何のことかと僕の顔を覗き込んだ。

「兄キの好物だったんだよ」

あぁ……と、ゆかりが大きく頷く。

「あつし君は好きよね、トウモロコシ」

「普通……です」

やさしく問い掛けた母に、あつしも一応気を遣ったのか、迷った末に最後に「です」だけ付け加えた。

「おばさんもね、実は普通」

母には内緒だよというように姉が小声で囁いた。

「食べるよね、沢山」

ゆかりの顔は笑っていたが、あつしを見る目は叱る時のように鋭かった。

信夫たちが匂いを嗅ぎつけて、ピアノを叩いて遊んでいた洋間からバタバタとやって来た。

「揚げたてが美味しいんだから食べちゃいなさいよ」

母がお皿を箸で指した。

いただきまぁす、と声を揃えて言うと、3人は奪い合うように天ぷらに手を伸ばした。

「お醬油ちょっとたらしたら？」

にこやかに母が言った。

口いっぱいに天ぷらを頰ばりながら甘いなぁ、と信夫が又大げさに声を上げた。

「ここに越して来る前の板橋のうちは隣がトウモロコシ畑でね」

母が鍋に又新しいトウモロコシを入れながら、話し始めた。

「一度夜中に、こっそり忍び込んで……」

「盗《と》ったんですか？」

ゆかりが驚いて母を振り返る。

「お父さんがね」

母は鍋の中を箸でつつきながら、思い出し笑いをしている。

「もう時効だよ。30年も前の話だ」

父が珍しく話に参加した。口元に笑みを浮かべながらあつしの隣に座って、天ぷらに又手を伸ばした。

「翌日さっそく天ぷら。そうしたらよりによって揚げてる時に『ごめん下さい』って」

母はそこで振り返り、台所に集まっていたみんなの顔を見渡して、話にためを作った。

「お百姓さん、その畑の。『美味しいの出来たからおすそわけです』って。トウモロコシ抱えて。そうしたらちょうどその時今みたいに『ポーンポーン』って」

「あららら」

ゆかりが驚いて話の先を促すように母の顔を見た。

「天ぷら作るたびにするのよ、この話」

姉が茶化すように言った。

「さすがにあの時は気まずかったなぁ」

父は楽しそうに笑った。父の笑い声を、僕は久しぶりに聞いた。

「その時に純平がね、『お母さん、これならわざわざ八百屋さんでトウモロコシ買わなくても良かったのにね』って」

母は兄の口ぶりを真似ながらそう言った。

「あいつはそういうところ、すごく頭が回ったからな」

父も懐かしそうに、どこか柔らかい表情を眼のあたりに浮かべている。

そのあとは母と姉との間で、

「ほら、あの時もそうだったじゃない」

と、兄がいかに頭の回転が速く、人に愛され、気が利いたかという話がしばらく続いた。


板橋の家は六畳間の南側が窓になっていた。窓の外は物干し場になっていて、その向こうにバス通りまで一面の畑が広がっていた。その畑に夏になるとトウモロコシの葉が青々と繁り、部屋の窓からでは空が見えないくらいの丈になった。

「洗濯物が乾きにくくてやんなっちゃう」

母は空を見上げながら恨めしそうにしていたが、僕らはよくその畑で隠れんぼをして遊んだ。台風のあと、トウモロコシが風でなぎ倒されたり折れ曲がったりしているのを見るのが僕は何故か好きだった。高度経済成長期だったからか、街中にあった空き地や畑はあっという間に無くなっていった。それにつれて僕らの遊び場も工事現場の資材置き場に変わった。このトウモロコシ畑もいつの間にか廃車置き場になっていた。

「ここはゴミ捨て場じゃないんだからね、まったく」

母は洗濯物を干しながら今度も怒っていた。

実際僕が窓の外にトウモロコシ畑を見ていたのは、せいぜい2年くらいのことだとは思う。しかし、今でも昔の家の記憶といえば、窓から見えたあのトウモロコシ畑の風景が真っ先に眼に浮かぶ。

畑の持ち主のおじさんからトウモロコシを貰ったのはほんとうの話だ。でも、機転を利かせて「これなら八百屋さんで」と言ったのは兄ではなく僕だった。確かに兄の言いそうな一言だったし、僕が言いそうにないことも間違いなかった。だからこそ僕は、僕の言った言葉だとはっきり覚えているのだけれど。そんなことはとるに足りない小さなことだし、母がそれを兄の発言だったと思い込みたい気持ちもわからなくはなかった。だから僕はあえてこの時、黙ってみんなの話を聞き流した。

姉に言われて僕は2階の自分の部屋に卓袱台《ちゃぶだい》を取りに行った。洋間の入口の脇にある狭くて急な階段を昇ると、右が兄で左が僕の部屋だ。僕の部屋は最初姉が欲しがったのだけれど、父の意向で男の子ふたりが優先された。結局姉は母になだめられて、日当りの良くない内玄関脇の六畳間をあてがわれた。今もそのことを姉は根に持っているようだ。

開けたドアが、入口の付近に置かれていた掃除機にぶつかった。力まかせにドアを押して中へ入ってみると、部屋は足の踏み場がないほど荷物の山になっている。新しく買った掃除機に加えてバランスボールやダンベルなどの健康器具。「昭和歌謡大全集」や「昭和の記録」といった、恐らく通販か訪問販売で買わされたビデオテープやDVD。そんな荷物が壁に沿ってずらっと並べられていた。もちろんどれも僕のものではない。何より部屋の真ん中に、ロデオボーイがビニールをかぶったままの状態で置かれている。なぜ死んだ兄の部屋はそのままで、生きている僕の部屋が物置なんだ。そんな嫌味のひとつも言ってみたい気持ちになった。

兄の部屋はこの15年、何ひとつ変化がなかった。母がそれを許さなかったからだ。最近では母以外は誰も部屋に入ることもない。母は今も時々ひとりで部屋の掃除をしては、箪笥《たんす》の引き出しから昔のアルバムを引っ張り出し、思い出に浸っているらしい。

「ため息が階段の下まで聞こえて怖いのよ」

姉がこっそり僕に教えてくれたことがある。

ロデオボーイに腰掛け、壁に貼られた大洋ホエールズのポスターを見ながら僕はそんなことを思い出していた。その時姉が階段を昇ってやって来た。僕はうんざりした顔で振り返り、わざとらしく部屋を見渡した。姉は入口に立ったまま（私にはどうしようもないわよ）と肩をすくめてみせた。

「ちょっとボケて来てんのかな。使わないだろう、こんなの……」

僕は座っていたロデオボーイをポンポンと叩いて立ち上がった。

「寂しいんじゃない？」

「何が？」

「何がって……」

姉は（わかってるくせに）という表情を僕に向けながら部屋に入って来た。長いこと家に寄り付かず、親不孝をした僕を言外に責めているようだった。ロデオボーイと勉強机の間にたてかけられていた卓袱台を、ふたりで引っ張り出して持ち上げる。思ったよりもずっと重い。

「ねぇ、何か言ってない？　ふたり」

僕はずっと気になっていることを聞いてみた。

「え？　何が？」

「嫁さんのこと」

「別に何も」

姉は、笑みを浮かべながら僕の顔を見た。

「何か引っかかってるのかなぁ、再婚とか、そういうの……」

「そんなことないんじゃない？　上出来よ、あんたにはもったいない」

姉は以前と同じ言葉をそのまま繰り返した。

姉は僕とは逆に明るい性格で、子供の頃からいつも友人に囲まれていた。大学では遊ぶだけ遊び、就職はしたものの3、4年で寿退社してそのあとは専業主婦を楽しんでいる。子供の頃はピアノだ、お花だと次々お稽古事に手を出したけれど、どれも長続きしなかった。そんな飽きっぽい性格が息子の睦に遺伝したのかもしれない。

「結婚だけは長続きしてくれるといいけどね」

母はそう心配していたが、今のところ杞憂に終っている。顔は父に似て鼻スジのスッキリした美人だったから、学生の頃から随分異性にもてた。結婚相手もよりどりみどりで、ひくてあまただったはずだ。

「他にもいろいろいたろうに……」

母は僕とふたりの時には首を傾げて怪訝《けげん》そうにしていた。きっと僕のいないところでは同じ言葉を姉に向かって呟いているはずだ。

まだこの家に5人で暮らしていた時、3人兄妹の中で誰が一番もてたかという話をしたことがある。バレンタインデーのチョコの数やラブレターの数など、どれも兄が一番だった。その時、母が口を挟んで珍しく僕に加勢した。

「良多だって中学の卒業式のあとは制服のボタンひとつも残ってなかったんだから」

「いじめられたんじゃないの？」

姉は茶化して兄と笑った。

「違うわよ。記念に下さいって言われたのよ。長い行列が出来たんだってよ、女のコの、ねえ」

母は僕に同意を求めた。

あいまいに笑って僕は席を立った。兄と比べられるのは昔も今も嫌だった。勉強もスポーツも抜群に出来た兄は確かに人気があったし、嫌味の無い好青年だった。まぁ嫌味が無いところが嫌味だと弟の僕は思っていたけれど。僕は兄と同じ中学に通ったので、教師たちからは「あの横山の弟か」と言われ続けながら学校生活を送った。音楽でもマンガでも小説でも、面白いものはほとんど兄から教わった。4歳上の兄というのは弟にしてみると随分大人に見えるものだ。今から思えばそれは10代の僕にとって大きなコンプレックスだったのだと思う。

だから僕はある時期から、兄とは違う道を選ぼうと意識的に考えるようになった。兄が成績表で唯一「5」を取れなかったのが図工だった。そして、小中学校を通して僕が唯一優秀だったのも図工だったのだ。

「絵なんか上手でも、将来役に立つのか？」

兄は成績表を見ては悔しそうにそう呟いていた。

僕は誰にも相談せずに東京の美大を受験し、そのまま家を出た。18歳の時だった。

内玄関のあがりがまちに腰掛けて松寿司の小松がしゃべっている。白い職人服には竹の柄《がら》がついていた。「松寿司」なのになんで竹なんだろうと、僕はちょっと笑いそうになった。髪を職人風に短く刈り上げているので少し老けて見えるが、歳は僕とひとつしか違わない。

「ダメダメ。ボケちゃって注文覚えられないんだからもう。この間なんかさ、同じ客に何度もトロ握って出しちゃってさ」

小松は父の店を継いで切り盛りし、今では若い職人もひとり雇っているらしい。

「いいなぁ、それ。今度みんなで行こうか？」

階段に腰掛けていた僕を振り返って姉が笑う。

「ちょっと勘弁して下さいよ、店つぶれちゃいますよ。もう冗談きついんだから、ちなみさんは……」

地元の中学では小松が姉の1年後輩だった。こういう上下関係は歳月が過ぎてもなかなか崩れないものだ。

外は真夏のような暑さなのだろう。小松は出された麦茶を美味しそうに飲んだ。コップの中で氷がカランときれいな音をたてた。

四角い顔をした先代は穏やかな職人で腕も良く、地元の商店街では一目置かれる存在だった。お祭りの時などは自治会のテントの一番奥に法被《はっぴ》を着て座り、みんながそこへ挨拶に来ていた姿をよく覚えている。母は、今目の前に座っている息子の代になってから味が変わったと言い張っている。

「嫁が悪いんだよ、あそこは」

そう陰《かげ》で悪口を言いながらも、じゃあ別の寿司屋に出前を替えるかというと決してそんなことはない。とりあえず悪口を言っておく、というのが長年の間に母の身体に染み付いたやり方なのだった。

「いくつでしたっけ？　親父さん」

え――と……と少し考えるようにしてから小松が言う。

「72かな」

「あらやだ、うちと一緒じゃない」

姉は驚いて診察室を指差した。

「そうなの？　先生若く見えるけどね。カクシャクとしてるし」

「カクシャクって言うの？　ああいうの」

姉はうんざりしたように首を横に振った。

「楽隠居でしょ、うらやましいよねぇ」

「本人はまだ続けたかったみたいだけど、眼悪くしてさ。何だっけ、白内障だっけ？」

3年ぐらい前にそんな話を、確か電話で母から聞かされたことがあった。

「違うわよ、緑のほうよ」

姉は自分の眼を指差して言った。どっちにしろ僕にはその区別が良くわからなかったし、興味もなかったけれど。

「でも近くに大きな総合病院できちゃったし、ちょうど潮時だったんじゃない？」

「プライド傷つかずにすんだんだよ」

僕は診察室のほうを顎《あご》で指しながら言った。

「お寿司来てるわよ」

台所から母の声が聞こえた。

「はーい」

中庭でさつきと睦が返事をする。母がお札を手にやって来て、姉の隣に並んで座った。

「はい、2万円」

小松は立ち上がって腰につけたウエストバッグを覗き込んだ。

「じゃあ、おつりが3000と、200万円と」

「ちょっとおまけしなさいよ。こんなに沢山頼んでるんだから」

「勘弁して下さいよ。ウニの分女房に内緒で出してるんですから」

いいわよ、わざわざ、と言っておきながら姉は結局母に電話をさせて、「上」には入っていなかったウニを特別に加えてもらったのだ。

さつきと睦が先を争いながら走って来て、内玄関の板間に置かれた大きな寿司桶を抱え上げた。

「さつきちゃんだっけ？　大きくなったねぇ」

小松が顔を覗き込みながら言った。

「夏休みで1・5センチ」

さつきは又白い歯を見せた。桶を大切そうに胸の前で抱えながら、睦も振り返った。

「剣道はやめたよ」

うんざりしたようにそう言って、睦は居間へ走って行った。

「睦には聞いてないんだよ」

去っていくその背中に姉が声を掛けた。その一言にみな笑った。

「さてと」

小松も笑いながら立ち上がると残っていた麦茶を飲み干した。

「あ、そうだ忘れるとこだった」

そう言うとお尻のポケットから二つに折れ曲がった香典袋を取り出し、皺を伸ばしながら母に渡す。

「これね、持ってけって……」

それまでとはうってかわって小松は行儀の良い声を出した。

「あら、いいのにそんなわざわざ」

母は恐縮してそう言った。「もうお経もあげてないんだから」

「いや、うちのやつ中学純平さんの後輩で。なんかバレンタインデーにチョコあげたことあるんだって……」

小松は困ったような不満そうな不思議な表情をしている。

「そうなの？　じゃあ、ありがたく」

母は深々と頭を下げて、香典袋を胸に抱きしめてみせた。

「ちょっと、こういうの持ってるんだったら先に言いなさいよ。負けろとか何だとかさんざん言っちゃった後じゃないよ」

しんみりした空気を引き裂いたのは姉だった。

「すみませんねぇ、うっかり八兵衛で」

「香典持って来て怒られたんじゃあ、たまったもんじゃないですよね」

僕は姉の背中越しに小松に笑い掛けた。

（ねぇ）と小松は僕の顔を見ておどけて見せた。

「じゃあ、あがってお線香だけでも」

母は居間を指差して中腰になった。

「いやいや、こんな格好ですしね。もう早く帰らないと親父が何しでかすか心配で」

小松はバッグのファスナーを勢い良くしめ、「毎度どうも」と頭を下げて帰って行った。

内玄関から表通りまで敷石が並んでいる。その上を踏んでいく下駄の音が蟬の声の向こうに遠ざかっていく。

「すっかり大人になっちゃって……」

姉が言った。

「昔は随分悪かったのにね」

高校を中退してから一時はかなりぐれたと聞いている。

「お宅は3人ともまっすぐ育って。うちの店が松なんて名前だから息子が曲がっちまったのかねぇ」

出前に来た先代がやはりこの内玄関に座って、そんな愚痴をこぼしていたのを覚えている。

「わかんないもんだねぇ、人間なんてさ……」

母も同じことを思い出していたのか、香典袋を見つめながらしみじみとそう言った。


「ごちそうさま」

最後にとっておいた玉子のお寿司を口に放り込むと、さつきは勢い良く立ち上がった。

「もういいの？　お寿司」

姉がその背中に声を掛ける。さつきは何か口の中でモゴモゴ言いながら廊下を走って行った。桶にはまだ3分の1くらい寿司が残っている。風呂場でガタガタと音を立てていたが、しばらくすると西瓜を腹の前に抱えてヨタヨタと戻って来た。

「あら、さつき、気をつけてよ」

台所でお茶を淹《い》れていた母が心配そうに言った。さつきは父の座った座椅子のうしろをすり抜けると、そのまま縁側へ向かった。西瓜についていた水滴でも垂れたのか、父がちょっと顔をしかめた。父はゆかりに注がれたビールを飲みながら、信夫の持って来た新車のカタログをさっきから興味無さそうに捲っている。

「ずるいよ」

姉の姿を見付け、睦が慌てて箸を置いて立ち上がった。ふたりは縁側にあった大人用のサンダルを履いて中庭へ降りた。

「いいの？　切らなくて」

お盆に湯飲みを並べて台所から戻って来た母が姉に言った。

「叩きたいんだって」

姉は呆れたように言いながら、さつきの残した寿司を食べている。どうやらふたりは西瓜割りがしたいらしい。

「あつし君はいいの？」

母は今度は隣に座っていたあつしの顔を覗き込んだ。

「はい。いいです」

あつしはきっぱり断った。そんな子供の遊びには全く興味がないようだ。

いいの？　と、ゆかりが問い掛ける。その声には（一緒に遊んだらどうなの？）という響きが強く込められていた。しかし、あつしは気付かないふりをして「うん」と強く頷いただけで顔を上げようともしなかった。

さつきと睦は西瓜を芝生の上に置くと、叩くものを探しに又縁側から居間へ駆け上がった。庭は15坪ほどの広さでソテツや柿などの植木と、盆栽がいくつか並べられている。盆栽は父が60歳を過ぎてから患者のひとりに勧められて始めたのだ。素人目にも値打ちのありそうなものはひとつもなかった。しかし、父にしてみれば診察室以外に自分の居場所が出来たことで充分だったのかも知れない。居間の縁側を降りたちょうど正面にサルスベリの樹があって、夏から秋にかけて赤い花をつける。今も、ピンク色の花が9月の陽差しを受けながら美しく輝いている。父は何よりこの樹に愛着があるらしかった。恐らくここに病院を開業した時に一緒に植えたからだろう。そろそろ花も終りだろうか。根元のあたりに枯れて散った茶色い花びらが見える。最近は僕も兄の命日にしか家へ戻って来ないので、いつもサルスベリの花の終りをこうして居間から眺めることになる。珍しく違う季節に立ち寄って、庭のサルスベリが咲いていなかったりすると、自分の家ではないような気になるくらいだ。

（年々紅いのが薄くなって……）

この季節になると、母は花を見上げながら毎年同じことを呟いている。そのたびに姉に「そんなことないでしょ」とからかわれる。母の言うことが本当なのかどうかは昔の写真を見せられても僕にはよくわからなかった。

「手すりつけたんだ、風呂場」

僕は母に言った。

「そうなのよ、お父さんが去年転んでね」

母が顔をしかめながらそう言ったのを聞いて、父の顔が急に曇った。

「そうだってね」

と、姉が言った。そんな話を姉から電話で聞いたのを、僕もようやく思い出した。

「お尻にこんな大きなあざ作って」

母は両手の親指と人差し指で丸を作ってみせた。

「あらら、危ない」

ゆかりが心配そうに父を見た。プライドの高い父は労《いたわ》られたり年寄り扱いされるのが嫌いで、電車に乗っていて席を譲られると、かえって不機嫌になるような人だった。

「使った石鹼、お前が床に置いておくからじゃないか」

父は視線だけ母に向けた。

「置いてないですよ、私は」

母のその言い方はさり気なかったが、さり気ない分だけ余計にトゲがあった。

「出た出た、得意の〝人のせい〟だ」

姉がからかうように言った。父にこんな言い方が出来るのは、この家の中では姉だけだ。

その時、睦がバットを抱えて縁側から庭へ又飛び降りた。

「ねえちょっと、そんなので叩いたら後で食べられなくなるでしょ」

「潰しちゃうよ」

ビールを飲みながら信夫も姉に声を合わせた。睦が持って来た木製のバットは、小学生の時に僕が使っていたやつだ。きっと内玄関の傘立てに一緒に入れられていたのを目ざとく見付けたのだろう。さっきも遠足の時に使うようなビニールシートを台所から持って来ると、睦のあとを追って庭に出た。

「風呂場、タイルも随分壊れてきたね」

僕は話題を風呂場に戻した。

「古くなると剝がれちゃってねぇ、どうしても」

茶を注いだ湯飲みをみんなに回しながら母が言った。

「あ、僕があとで直しますよ」

寿司を頰ばったまま信夫が言った。

「いいですよ、信夫さんはお客さんなんだから」

申し訳無さそうに母が言った。

「何かしてたほうが落ち着くのよね」

と、姉が言った。

「マグロと同じでね、ずっと動いてないと死んじゃうんですよ」

「何でそれが仕事に活かせないかねぇ」

姉がため息とともに呟いて首を傾げた。

確かに信夫は出世とは縁がないように見えた。まぁ、僕に言われたくはないだろうけれど。

「こういうのもね、この間2階に上げてもらったの」

母は腰を振ってダンスをするような動きをしてみせた。

「ロデオボーイね」

僕は思わず姉のほうを振り返った。それからゆっくりと視線を信夫にすべらせた。どうやってあんな重いものを2階に運んだのだろうと訝しく思っていたのだけれど、そうかこの男の仕業だったのかと僕はようやく合点がいった。

「お安い御用ですよ、あんなの」

信夫は僕の気持ちなど察することもなく、誉められてただ嬉しそうにしている。

「パパー」

「パパー早く来てー」

中庭でさつきと睦が大きな声を出した。サルスベリの木の根元に広げられたビニールシートの上に西瓜が置かれ、いつでもゲームは始められそうだ。ふたりはどっちが先に叩くかで目隠し用の手ぬぐいを奪い合っている。

「はいはいー」

信夫は調子の良い声を上げ、名残惜しそうに寿司をひとつ口に放り込むと、「ちょっとすみません」と言って隣に座っていた父の手から車のカタログを取り上げた。

父は明らかに憮然とした表情を見せた。しかし信夫は全く意に介さず、今度は僕の前にそのカタログを差し出した。

「良多君もさ、家族も増えたんだし、そろそろRVとかどうですか？　サービスしますよ、バッチリ」

信夫はそれだけ言うと、子供たちのところへ走って行ってしまった。僕は仕方なくカタログに視線を落としてみたが、そもそもRVというのが何を意味するのかさえわからない。

「東京で暮らすのに車いらないからなぁ」

座っていた座布団の脇にカタログを置きながら僕は言った。

「私はね、息子の車で買い物に行くのが昔からの夢だったのにねぇ……」

何度も聞かされたその愚痴を母はここでも又繰り返した。

「なかなか親の思い通りには育たないものよねぇ」

姉は意地の悪い笑みを浮かべている。彼女だって僕同様、母の思い通りには育たなかった口なのに、いつの間にか子供から親へ、その立ち場を変えている。こういうところが姉のずるいところだった。

「そうですねぇ、なかなか思い通りにはねぇ」

ゆかりまでそう言って3人は顔を見合わせた。

そうだわねぇ、という母のため息のようなひと言に、女達は笑いながら頷き合った。

「乗せてあげますよ、車なんかいくらでも」

僕はカタログをもう一度拾い上げ乱暴にページを捲った。

「どれがいいの？　この白いやつ？」

そう言いながら車の写真を指差し、母に見せた。

「よく言うわよ。免許も持ってないくせに」

と姉が言った。父は黙って不味そうにビールを飲んでいる。

「おかわりは？」

空《から》になった僕の茶碗に母が手を伸ばした。

僕は腹に触ってもういいやと、短く告げた。

「まだ食べられるでしょう若いんだから。ねぇ」

母はゆかりに同意を求める。

「いくつだと思ってるんだよ」

僕はお茶を一口飲んだ。

「これ以上大きくなられても困るしねぇ」

姉もそう言ってゆかりの顔を覗き込んだ。

「あんた、歯大丈夫なの？」

母は奥歯に挟まったトウモロコシを割り箸で取ろうとしながら、僕に聞いた。

母は会うたびに僕の歯の心配をする。正月に里帰りをして寝ていた時、口を開けられて布団から飛び起きたことが一度あった。母は枕元で僕を見降ろしながら、虫歯がないかと思ってさ、と笑っていた。母は自分が入れ歯であることをとても気にしていて、毎年の年賀状にも最後に必ず「ちゃんと歯医者に行きなさい」と書いてあった。

入院していた母を見舞いに行った時も、逆に歯の心配をされたのを覚えている。クモ膜下出血だった母は、手術は成功したもののその後少しずつ痴呆が進んだ。既に亡くなっているのに「お父さんは今日来ないの？」と気にしてみたり、自分がいる病院と自宅とを混同したりした。他の患者の見舞客の声を聞いて、「誰かお客さん？」とベッドから半身を起こし、お茶を淹れようとそわそわした。しばらくすると、ゆかりはもちろん、姉の名前もわからなくなった。僕のことだけはかろうじて認識していたようだったけれど、最後には兄と混同し始めた。僕にはそれが悔しかった。もう会話がほとんど成り立たなくなった時に、僕はふと思いたってベッドの母を覗き込み、口を大きく開きながら話し掛けた。

「虫歯が出来ちゃってさぁ」

それを聞いた母は急に正気を取り戻したように眉間に皺を寄せた。

「行きなさいよ歯医者。抜くようになってからじゃ遅いんだからね。一本虫歯になると隣のもすぐ駄目になるんだから」

母は、昔僕に言ったフレーズをそのまま繰り返した。

嬉しかった。

それはまぎれもなく僕の母だった。

そして、その母が今僕の眼の前から消えようとしている。そのことに気付いて、僕は慄然《りつぜん》となった。

母が亡くなったあと、僕はようやく歯医者に行き始めた。

「もうちょっと早く来てれば抜かないですんだのに」

歯医者にはそう言われた。全部治すのに1年かかった。

この時も僕が母の問い掛けを無視すると、

「どうせ行ってないんでしょう、歯医者」

と重ねて聞いてきた。

「仕事が忙しくてね」

僕は面倒臭そうに言って、シャツの胸ポケットから携帯電話を取り出した。着信があったような気がしたのだ。

「あんた私に似て歯弱いんだから気をつけないとね。ちょっと、アーンしてごらんよアーン」

母は卓袱台の上に身を乗り出して、自分も口を大きく開けてみせた。その様子に姉は転がるようにして笑っている。

「やめてくれよ、子供の前で」

僕はあつしをチラッと見た。彼はそ知らぬ顔でお寿司を食べている。着信は無かった。僕は携帯を又ポケットにしまった。

た。


「何？　仕事なの？」

その様子を見ていた母が心配そうに言った。

「うん。ちょっとね、急ぎの仕事、世田谷の美術館から頼まれてさ」

僕は口から出まかせに言った。隣に座っているゆかりの箸が、僕のその一言で動きを止めた。

「あら、油絵？」

母は浮き浮きとした声を出した。

「うん……まぁ……そんなとこかな」

僕は母の問い掛けにあいまいに頷いた。母はいわゆる一般的な意味での学はなかったが、音楽や絵などは若い頃から好きだったようだ。最近は市の開いている「寿」クラブのようなところで「絵手紙」を習っているらしい。僕宛に送られて来るハガキにも水彩絵の具で色づけされた器用な絵が添えられていた。レモン、さつまいも、柿、トマトの鉢植え、あさがおの花。特別なものは何も描かれていない。それは特別でないからこそ、今見直してみると母の日常が鮮やかに甦ってくる。ピーマン、りんご、スイセンの花、ドングリ、なす、びわの実。一度、描かれていた鯵《あじ》の開きを「上手だね」と誉めたら母はとても喜んだ。

「想像で描いちゃいけないのよ。目の前に置いてとにかく時間をかけて見なさいって先生が言うの」

亡くなったあと実家の母の引き出しを整理していたら、同じように鯵を描いたハガキが何枚も出て来た。きっと上手く描けるまで何度も練習してから僕に送ったのだろう。確かに僕の手元に届いたハガキの鯵が一番美味しそうに描けていた。その鯵の絵の脇には一言「カルシウムは食べていますか？」と書かれていた。きっと虫歯を心配したのだろう。今ハガキは全部仏壇の引き出しに大事に仕舞ってある。

「そういえばこの前新聞に出てたわよ。絵画修復士のこと。『絵のお医者さん』って書いてあった」

姉のその一言に新聞を読んでいた父がフッと笑ったような気がした。

「あら何新聞？」

母が姉に問い掛ける。

「なんだったっけな……。今度コピー送るよ」

「そう言ってあんた一度も送ってくれたことないじゃない」

すいませーん、と姉は舌を出した。

そんな母と娘のやりとりよりも、僕は父の反応が気になった。姉も、何もわざわざ医者などという言葉を使って修復の仕事を説明しなくたっていいだろうに。

「まぁ、医者なんてそんな偉そうなもんじゃないよ。医療っていうよりはね、アンチエイジングみたいなものだよ」

「あら素敵。お願いしたいわねぇ」

姉がゆかりの顔を覗き込みながら軽口を叩く。

ねぇ、とゆかりも笑って僕のほうを見た。その笑いは、思いつきの嘘から深みにはまっている僕へ向けられたもののように見えた。

「なぁに？　そのアンチなんとかって……」

母は首を傾げている。

「母さんはもういいんじゃないかなぁ？」

「お義母さんお若いから全然必要ないですよ」

「俺もちょっと自信ないなぁ」

そう言って僕たち3人は笑った。

「何よ、私は仲間はずれなの？」

母はちょっと拗《す》ねてみせた。その顔を見て3人は又大きな笑い声をあげた。父だけは相変わらず黙って新聞を読んでいる。

「まぁ、この仕事もようやく最近注目されるようになって、俺が卒業した大学とかでも入学希望者が年々増えてるみたいだけどね。ただ、いざ就職となるとなかなか狭き門で競争率が高いし……」

それは僕の、父に対しての精一杯の見栄だった。父はしかし、全く反応を示さない。

言葉の行き先を失った僕は、なぁ……と、助けを求めるようにゆかりの顔を見た。

「そうみたいだねぇ……」

ゆかりは両ほほにエクボを作って笑顔を見せ、コップに半分ほど残っていたビールを一息に飲み干した。この表情は本当には笑っていない時のそれだった。

「あんたは昔から手先が器用だったからねぇ……」

母は言った。

僕の手先が器用なのは自分譲りなのだと母は昔からよく言っていた。確かに母は正式に習ったわけでもないのに料理でも裁縫でも見よう見真似でこなしてしまった。冬には自分で編んだセーターやカーディガンをよく着ていたし、今日着ている薄紫の花柄のワンピース（というか田舎のお婆ちゃんがよく着ているアッパッパーというやつだが）にも、襟のところに洒落たレースが縫いつけてある。恐らく自分で編んだのだろう。そのレースの白が、母にとって今日が特別な日であることを物語っていた。ただその器用さはあくまで素人の域に留まっていて、プロとしてやっていけるわけではない。そんなところまで母に似てしまったのが、僕はちょっと情けないのだけれど。

「強いんだけっこう」

ゆかりの空のコップを見て姉が言った。そういう姉も3人兄妹の中では一番酒が強かった。

「ええ、母譲りで」

僕は酒はほとんど飲めなかったが、ゆかりはいくら飲んでも顔に出ず、乱れることもなかった。

「ゆきえさんもかなりいける口だったわね」

母が懐かしそうに言った。

いい勝負かもね……と、姉も相槌を打った。

キョトンとしているゆかりの耳元で、僕は囁いた。

「兄キの嫁さん」

あぁ、とゆかりは頷いて、姉の勧めるビールを又一口飲んだ。

「今どこに住んでるんだろうね？」

姉が母に聞いた。

「住所は変わってなかったわよ、年賀状。確か所沢」

「どうしてるんだろうね、最近は」

色白だった彼女の顔を思い出しながら僕は言った。二、三度しか会ったことは無かったけれど、横顔が美しい人だった。

「幸《さち》薄そうだねぇ……」

例によって初めて兄が彼女を家に連れて来た翌日、母はお茶をすすりながら台所でそう悪口を呟いていた。「挨拶だけでもしろよ」と兄に言われて僕は久しぶりに実家に戻った。しかし、これ以上家に残っていたら一日中母の愚痴と悪口に付き合わされそうだったので、僕は早々と滞在を切り上げて家を出たのだ。

兄が亡くなったあとはあとで、

「やっぱりあの嫁が良くなかったんだよ」

と、事故とは全く関係のない彼女のせいにしてはため息を吐いていた。きっとそうでもしなければ母はそのあとの人生を生きていけなかったのだろうとは思うけれど。

程なくしてゆきえさんはこの家を出て、僕たちの知らない人と再婚した。子供もふたり出来たと聞いている。

「孫でも出来てればねぇ、ここにも呼びやすかったんだけど……」

母は言った。

「再婚しちゃったら、来にくいよね」

姉もそう言って、ちょっと場がしんみりした。

「まぁ、考えようによっちゃあ、子供が出来る前で良かったよ」

ずっと黙って新聞を読んでいた父が急に口を挟んだ。

「子持ちやもめじゃあ、再婚も難しかったろう」

そう言うと右手の親指を舌でなめ、大きな音をたてて新聞を捲った。母も姉も僕も、まさしく〝子持ちやもめ〟だったゆかりを見ることが出来なかった。父のデリカシーの無さにはもうだいぶ慣れっこになっていたが、あまりの無神経さに3人はさすがに次の言葉を探しあぐねた。

「私はいい人がもらってくれてラッキーでした」

気まずさを察知して、明るく冗談を言ったのはゆかり本人だった。そのひと言で場の空気はだいぶ和《なご》んだ。

「いえいえ。こちらこそラッキーもいいとこで」

姉はおどけて頭を下げてみせた。

「姉さんが言うなよ」

僕も無理に笑ってみせた。

そんな風に僕たちが苦労していることに、当の父は全く気付いていないようだったけれど。

「ゆかりさん、良多の写真見ない？　小さい時の」

母が思い直したように言った。

「ええ、是非」

ゆかりは（いいかしら？）と僕に目で問いかけた。

「見たくないって言ったってどうせ見せるんだろ」

僕は投げやりにそう言った。付き合っている女の子を家へ呼んでくるたびに、母は古いアルバムを簞笥の引き出しごと持って来てはその子に見せた。そうやって親しげに接した挙げ句、帰ったあとには必ずあれこれと難くせをつけるのだったけれど。

母に連れられてゆかりが立ち上がった。

「あたしも欲しい写真があるんだ、大学の時の」

姉は「よっこいしょ」と母がよくするような声を出して立ち上がった。

「あつし君もおいで」

母はあつしの肩に手をかけた。あつしは思いのほか、すんなりと立ち上がった。きっと男

3人でこの場に残るのが嫌だったのだろう。

中庭では目隠しをした信夫の周りを、西瓜を抱えたさつきが走り回ってはしゃいでいる。

「ねえ、割れたの?」

立ち上がった姉が声を掛けた。

「割れてなーい」

さつきと睦が声を合わせた。

まだなのか、と呟いて、姉は洋間へ向かった。そして何か思い出したように廊下で立ち止まると、居間の襖《ふすま》のかげから僕と父を覗き見た。

「それじゃあ、あとはお医者さん同士ごゆっくり」

からかうようにそう言って、廊下の向こうへ消えて行った。

居間には父と僕だけが残った。中庭では信夫に代わって目隠しをした睦が、くるくると回されている。さつきの笑い声がひと際高く響いて来た。父はその中庭の様子には目もくれずに手元の新聞に視線を落としている。

「ほら……あの、高松塚の壁画はどうなったんだ……修理は」

父はビールを口に運びながらボソリと言った。新聞を読んでいたのではない。きっと話題を捜していたのだ。

「修復ね。修理じゃなくて」

　僕はしいたけの天ぷらを口に運んだ。もう冷めていて不味かった。

「あれは古墳をそのまま残すか、飛鳥美人の国宝の壁画あるでしょ、切手にもなった……あれを守るかでずっと議論してたんですよ。で、結局文化財の現地保存主義をくつがえす異例の判断を文化庁がして解体を決めたんですけど、まぁ10年はかかりますかね。それに」

「おい、コラ」

　目の前に座っていた父が突然立ち上がり、縁側まで歩き出した。中庭では睦の振りかぶったバットが庭のサルスベリの枝をかすめ、花が上下に激しく揺れていた。

「駄目だ、それ大切にしてるやつなんだから」

　子供に向かって言うにしてはかなりドスの利いた声だった。

「スイマセン」

　慌てて信夫が頭を下げた。手を叩きながら誘導していたさつきが、睦の手を押さえる。

　睦もその声に驚いて目隠しの手ぬぐいをはずし、何事かと父を振り返った。僕は次に続く言葉を飲み込んだままその様子を見ていた。「怒られちゃった」と信夫は苦笑いを一瞬浮かべたが、3人はすぐにまた西瓜割りの続きに戻った。

　縁側から庭を見降ろしていた父はまだ何か言いたそうだったが、大きな足音をさせて僕の前に戻って来た。

「で、食えてるのか？」

そう言いながら、座った。

結局父の興味はそこにしかないのだ。真剣に修復のことを話そうとした僕が馬鹿だった。

「おかげさまで。子持ちのやもめを養うぐらいにはね」

僕は僕なりに精一杯嫌味を込めたつもりだったが、果してそれがどこまで父に届いたかは定かではない。父はもう乾いてしまった寿司のネタだけを指で摘まんで、醬油にひたして食べた。僕は母が用意したキュウリのぬかづけを続けてふたつ口の中に放り込んだ。居間にはしばらくの間、僕の食べるキュウリの音だけが響いていた。その時、睦の振り降ろしたバットが西瓜に命中したのだろう、グシャッという音がして3人の大きな歓声が上がった。僕達は黙ってその中庭の様子を見ていた。サルスベリは陽差しの中でほとんどその赤を感じさせないくらいに輝いてそこにあった。

父が野球の話題を持ち出すことは、最後までなかった。

「僕は大きくなったらお父さんと同じお医者さんになります。お兄ちゃんが外科で僕は内科です。お父さんはいつも白衣を着ています。患者さんから電話があると夜でもカバンを持って出掛けて行きます……」

中庭で睦が割った西瓜を、食べやすいように包丁で切って皿に盛った。その皿とバットを持って僕が洋間へ向かった時、部屋の中から聞こえて来たのは僕の小学生の時の作文を読み上げる姉の声だった。

ドアを開けると姉に近付き、僕はその手から作文を乱暴に取り上げた。

「勝手に読むなよ」

アルバムの写真を見ていた母とゆかりが驚いて僕を振り返った。

「いいじゃない作文くらい。何恥ずかしがってるのよ」

たかが作文にむきになっている僕に、姉はうんざりしたように言い返した。

あつしも僕を見上げているのがわかった。

「いつまでもとっておかなくていいんだよ、こんなもの」

僕は西瓜の載った皿をテーブルの上に置くと、手の中の作文を乱暴に丸め、うしろを振り返らずに部屋を出た。誰にだって思い出したくない子供時代の自分がひとりやふたりはいるだろう。その記憶の箱を勝手に開けて覗き込む権利など、家族にだってあるはずはない。睦が西瓜割りで使ったバットを内玄関の傘立てに放り込んだ時、バットの先っぽが硬いコンクリートに当たって思ったより大きな音をたてた。縁側に並んで西瓜を食べる信夫たちの賑やかな声が居間のほうから聞こえてくる。僕はその声から逃げるように洋間の脇の階段を駆け昇った。

「ああいうところ、本当にお父さんそっくり」

姉が僕に聞こえるようにわざと大きな声を出した。僕は急いで部屋へ入りドアを閉めた。姉の声がようやく遠ざかった。丸めてしまった作文を、それでもさすがにゴミ箱に捨てるわけにはいかず、中学時代から使っている勉強机の上へ放り投げた。

机の上には母が買った「昭和の記録」のＤＶＤが山積みにされている。作文はその上で力なく弾んだ。

母はものを捨てられない人だった。冷蔵庫の脇や棚の隙間には買い物をした時の紙袋や包装紙がぎっしりと詰め込まれていたし、紐も丁寧に結わえて引き出しに仕舞われていた。

「こんなに沢山どうするのよ」

紙袋を母の眼の前でヒラヒラ揺らしながら、姉はうんざりしたようによく言った。

「何かの時に無いと困るからさ」

「紙袋がこんなに沢山必要な時ってどんな時よ」

そんなやりとりを何度聞かされたことだろう。いくら言われても母は決して紙袋を捨てなかったし、姉もそんなことは百も承知していたはずなのに。

母が捨てられないのは紙袋だけではなかった。冷蔵庫の中は父とふたり暮らしとは思えないほど食べ物でいっぱいだった。

「いっぱい入ってると安心するの。戦争を知らないあんたたちにはわからないわよ」

母はそう言って自分を正当化したけれど、たぶんそれは戦争体験から来るものだけでは無かったと思う。いつだったか、冷蔵庫を覗いたら、その前の年の正月に買ったかまぼこの切れ端が奥のほうにまだ仕舞い込まれていた。これじゃあかえって不安だろうに、と僕は姉と笑い合ったのを憶えている。

家の中はもう使わなくなった昔のものでいっぱいで、それが現在《いま》の暮らしを隅に追いやって窮屈にしていた。押入れの中には、3人の子供たちの小学校の時の成績表やお習字をした半紙、僕の少年野球のユニフォームや兄の中学の学生服などが大切に仕舞われている。子供達が皆独立して家へ寄り付かなくなった後は、僕らの〝思い出の品〟をひっぱり出しては昔を懐かしんでいるのだろう。それを考えると、子離れできない親の姿は憐れというよりはむしろ不気味だった。

そんな捨てられない母が、父が亡くなったあとに限って、あっという間に彼の衣服を捨ててしまったのには正直驚かされた。四十九日を待たずに下着などは箪笥から出してビニール袋に入れ、燃えるゴミの日にまとめて出してしまったのだ。50年近く一緒に暮らして来てこんなものなのか？　と僕はその執着の無さがさすがにショックで、電話で姉にそのことを話した。「いつまでも下着をとっておかれたら、かえって気持ち悪いわよ」母似の姉はそう言って僕を軽くあしらった。まぁ、確かにそう言われればそんな気もするけれど。何も残らないのもちょっと寂しい気がして、僕は父が愛用していたメガネと金色の古い腕時計を形見にもらった。僕が欲しいと言わなかったらきっと燃えないゴミの日に出されてしまっただろう。

小学校の卒業アルバムには確かに僕の将来の夢は「お医者さん」と書いてある。働いている父の姿は子供には輝いて見えるものだし、息子の僕がそう望むことを、父はきっと喜ぶだろうと思っていたからだ。当時の僕は父のことを兄と奪い合っていたのだと思う。ただ、いつの頃からだろうか、父の期待のまなざしが僕を素通りして兄へ注がれていることに気付くようになった。兄のほうが学校の成績が良かったというのが一番大きな理由だろう。ただし、今考えると、父は僕の性格が母に似てずぼらで意志が弱く、医者という職業には向かないと決めつけていたのだと思う。中学生の僕の中で父への憧れが裏切られ、失望が嫌悪に変質するまでそれほど長い時間はかからなかった。そんな僕にとって「医者になりたかった」小学生の自分は真っ先に消してしまいたい過去だったのだ。もう40歳を過ぎてはいたが、その屈折から未だに脱けられず、今も少なからず負い目をひきずっているのだということに、僕は自分で驚いた。そしてそのことを否定しようとした。しかし、目の前のくしゃくしゃに丸められた作文がそれを許してはくれなかった。

僕は作文から遠ざかるように立ち上がると、又ロデオボーイに腰を降ろした。胸ポケットから取り出した煙草に火を点け、ゆっくりと煙を天井に向かって吐いた。

過去とはやっかいなものだ。

「はーい、並んで並んで」

信夫の声が2階の部屋にまで響いて来る。僕は捲っていた古い画集から視線を上げて、下の様子をうかがった。

兄の命日には中庭に家族みんなが集まって写真を撮るのが恒例だった。洋間で癇癪《かんしゃく》を起こしてしまった失点を取り戻すにはいい機会だ。僕は階段を降りて素知らぬ顔で居間へ向かった。

「早く早くー」

中庭にいた信夫が僕を見て手招きをした。先に縁側に腰を降ろしていた父とは目を合わせないように、僕は隣の和室から中庭へ降りて縁側の端に立った。ゆかりが気付いて振り向いたので、ちょっとだけ口をへの字に曲げてみせた。

「写真だ写真だ……」

姉がふしをつけて唄いながら父の隣に座る。

ママ見て、とさつきが睦のTシャツの胸のあたりを指差して庭で騒いでいる。何か垂らしたのだろう、そこには黒い染みが出来ていた。

「何これ。うわっ。チョコだ。着替え持って来てないよ」

姉はシャツを乱暴にひっぱると匂いを嗅いで短く叫んだ。

「目立つな、それ」

サルスベリの下でカメラのファインダーを覗きながら信夫が大きな声を出した。

「じゃあ、これうしろ前にしちゃおう」

姉はTシャツに手を掛けて脱がそうとする。いくらTシャツとはいえうしろ前にしたらかえって変だと思うけれど、そんなことはおかまいなし。案の定睦はシャツを押さえて必死で抵抗している。

「じゃあ、こうやって隠してなさいよ」

あっさりと諦めた姉は睦の手をチョコの染みの上に持っていった。そんなやりとりをしながら姉とさつきと睦が縁側の真ん中に陣取ってしまったので父は居場所を失った。

「じゃあお爺ちゃん、端っこ行って下さい」

信夫はサラッと言った。家長なんだから、自分が中央に座るべきだと本人は思っているのだろう。父は憮然としていたが、例のごとく信夫はそんなことには一切頓着《とんちゃく》していない。父は仕方なく縁側の端にずれた。

台所からやって来た母がいったん腰を降ろしかけて何か思い出し、立ち上がった。

「母さんどうしたの？」

僕は母に問い掛けた。こういう〝家族ごっこ〟はとっとと済ませてしまいたかった。

ちょっと……とあいまいに呟いた母は仏壇に飾ってあった兄の写真を手にすると、すぐ戻って来た。母のためにさつきと姉が左右に寄って真ん中に座る場所を作った。

「これで皆揃ったから」

母はそこにゆっくりと腰を降ろした。

「お葬式じゃないんだから。縁起でもない」

姉がうんざりしたように顔をしかめる。

「いいじゃないの。この子のおかげでみんなこうやって集まれるんだから」

母は兄の写真をやさしく撫でている。

「そりゃそうだけどさぁ」

姉も半ば諦めたようだ。

母を取り囲むようにしてみなが並んだ。

その様子を見ていた父がまた一層不機嫌になるのがわかった。

姉の子供達は、この久里浜の家を「お婆ちゃんち」と呼んでいる。そのことに父は内心傷ついているらしく、一度姉に言ったらしい。

「この家は俺が働いて建てたんだぞ。なのにお前、何でお婆ちゃんちなんだ」

姉はそのことを母や僕に面白おかしく報告した。

「小さいのよ。本当に人間が小さいの」

今、父はたかが写真の並び方で感情を害し、まさにその小ささを露呈しているところだった。

「あれ？　お爺ちゃん切れちゃうな。もうちょっと中入って下さい」

前へ出たり後ろへ下がったりしていた信夫がファインダーを覗きながら又父に指図した。お爺ちゃんと言われたことが癇に障ったのか、指で差されたことに憤慨したのか、やはり端っこに立たされたのが我慢出来なくなったのか、父はプイと横を向くと玄関のほうへ歩き出した。

お爺ちゃん、と信夫がその背中に声を掛けたが、父は振り向きもしなかった。睦がチョコの染みを左手で押さえたまま縁側から立ち上がって父を目で追う。母は父などどうでもいいというように兄の写真の角度ばかり気にしている。

あれ、お爺ちゃんトイレかな、と信夫はすっとんきょうな声を出した。

「じゃあ、あとでこの辺に丸で囲ってね」

「それじゃあ死んじゃったみたいじゃないよ」

信夫の冗談に姉が冗談で返したところで、みな笑った。その瞬間に信夫はシャッターを切った。

写真は昔から嫌いだった。笑顔を作れなかったからだ。学校の卒業アルバムや遠足の写真など、どれを見てもつまらなそうな顔をしている。横を向いていたり、目を閉じていたり、何故かひとりだけピントが合っていなかったり。家族で撮った写真も大差はなかった。そもそも写真の数自体が少なかった。どこの家でも同じだろうが、次男というのは損なもので兄弟の中で写真を撮られる機会は極端に減るものだ。「お父さんの仕事が忙しい時期だったからね」母はそう言い訳したけれど。兄は、もの珍しかったのだろう、父が自分で一眼レフを買って随分沢山写真を撮ったらしい。姉もはじめての女の子ということでやはり写真は多い。

そしてどの写真を見てもみごとな笑顔だった。

それにひきかえ撮られ慣れていないからだろう、「笑って笑って」と言われると僕は余計に顔がこわばった。だから集合写真の時はなるべく目立たない隅っことか人の後ろにこっそり立つようにしている。この時の家族写真も僕は端っこでひとりだけしかめっ面をしていた。あとになってわかることだけれど、この日が家族全員揃って写真を撮る最後のチャンスだった。翌年は睦が風邪で来られなかったし、その次の年は姉たち家族は4人でハワイに行ってしまった。そして次の年の春に父はあっけなく亡くなってしまったから。もっとも母や父にしてみたら兄がいない時点でもう家族は全員揃ってはいなかったのだろうけれど。


写真を撮った後、子供たちはしばらくは又中庭で遊んでいたが、それも飽きてしまったのだろう、表へ遊びに出掛けて行った。あつしはそのニヒルな様子から、母や姉に「笑わない王子」と陰では言われていたが、子供同士だとそんなこともないのだろうか。確かに無邪気に笑ってはいなかったけれど、それでも楽しそうに大人もののサンダルをバタバタさせながら3人連れ立って「探検」へ向かったようだ。

僕たちもようやく一息ついてお茶にすることにした。陽が少し西に傾き、家の奥まで光が差し込んで、いつもは暗い台所も少し明るくなった気がした。ゆかりはさっきから縁側に立って簾《すだれ》を降ろそうとしているが、なかなか上手くいかないようだ。

「ちょっとそれコツがあるのよ」

見かねた母が立ち上がってゆかりの隣に並び、紐の操作の仕方を教え始めた。半ばシルエットになったふたりのうしろ姿を居間に座ってぼんやり見ながら、悪い画《え》ではないな、と僕は思っていた。テレビのニュースでは、9月に入って今日で真夏日が10日になるとアナウンサーがカン高い声を出している。今日の東京の最高気温は32・4度だそうだ。

その時、姉がドシドシと音を立てながら廊下を歩いて戻って来た。

「いらないって」

ヘソを曲げて診察室にこもってしまった父をお茶に誘いに行ったのだが失敗したようだ。まぁ、足音を聞いただけで結果はわかったけれど。

「天ぷらの話以外参加する気無いわ、あの人」

大きなため息とともに姉は畳の上に腰を降ろし、胡坐《あぐら》をかいた。

ゆかりは縁側から卓袱台に戻ってシュークリームを皿に取り分け始めた。

「いいわよ、ほっておけば。おなか空いたら出てくるでしょ。あんたのとこのカラスと一緒よ」

母はそう言って姉の背中を叩くと、卓袱台の前に腰を降ろして、紅茶をカップに注ぎ出した。

「うちは生ゴミの日、火曜と木曜だけだけどね」

姉は舌を出して笑った。姉の社宅では今カラスが増えて困っているらしい。生ゴミの日をちゃんと知っていて朝ゴミを出そうとすると道端に並んで待っているのだそうだ。

母はその話を覚えていたのだろう。自分がそんなカラスと比べられていることなど、父は知るよしもなかったろうけれど。

「子供なんだよ、全く」

僕がそう言うと、姉とゆかりは顔を見合わせて小さく笑った。さっき僕が子供っぽくふてくされて2階に上がったのをきっと思い出したのだ。そのことに気付いて僕はちょっと恥ずかしくなり、シュークリームに視線を落とした。

父は家事を全くしない人だった。だから不機嫌になって診察室に逃げ込んでも食事時になれば必ず出て来て、台所や居間で新聞を読みながら準備が出来るのを待っていた。仕事をリタイアした今もそれは全く変わらないらしい。

「暇なんだからたまには代わりに作ってくれてもいいんだけど」

出来ないことがわかっていて母はそう言ったが、実際は男が台所に入ることをあまり快く思っていなかったようだ。「男子、厨房に入らず」などという言葉がまだ格言として通用していた時代の人間だったし、やはり自分のテリトリーを侵されるのは厭だったのだろう。たとえそれが姉でも、鍋やコップの位置を動かすと「勝手にいじらないでよ」と腹をたてた。母のそんな考え方のおかげで、僕もひとり暮らしをしていた時でさえ父と同じく全く料理とは無縁だったわけである。

紅茶をカップに注ぎ、シュークリームも皿に取り分けた。さて、ゆっくりシュークリームを食べようかと思ったその時、襖を隔てた隣の和室から大きないびきが聞こえて来た。信夫だ。

さっきまで子供と西瓜割りをし、食べて飲んで、大声で笑っていたのだけれど、気がつくといつの間にか寝ていた。

いくらものごとにあまり頓着しない性格とはいっても、あんな父親のいる嫁の実家で寝られる神経が僕には全く理解できなかった。むしろ実の息子である僕のほうがよっぽど緊張しているのだから、ある意味うらやましかったけれど。

「やだ。どこがマグロなんだろう」

姉が苦笑まじりに言った。

「ホッとするんでしょ、畳の上だと」

母は立ち上がって又縁側に向かった。

「そうなのよ、今の家畳ないからさぁ」

母の背を目で追いながら姉が言った。母は縁側の籐《とう》椅子に置かれていた夏がけのタオルケットを手に戻って来た。昔から昼寝をする時に僕も良く使っていた青い花柄模様のついたやつだ。

「敷けばいいじゃない」

母は顎で和室を指すと、姉に手渡した。

「無理よ、そんなふうに家が出来てないもん」

姉は不服そうに言うと、今度はゆかりに向き直った。

「だからね、ここに越して来たら和室作ろうと思って」

「いつなんですか？　お引越」

シュークリームの皿を僕の前にすべらせながらゆかりが言った。

そう言ったあとで、ゆかりは僕の顔を見て話への参加を促した。

「出来ればね、睦が中学上がる前にって思ってるんだけど」

「まだ決まったわけじゃないのよ」

姉の言葉を遮るように母が言った。

お互いの腹をさぐり合うようなふたりのやりとりを聞いているのが、僕は昔からたまらなく嫌だった。

「よく言うわよ。図面見せたでしょ、この間」

姉は立ち上がると、襖を開けた。信夫は二つ折りにした座布団を枕にして扇風機をつけたまま気持ち良さそうに寝ている。

「風邪引くわよ」

姉はその信夫の腹の上にタオルケットを投げた。

姉のすることはいつも優しいんだか冷たいんだかよくわからない。信夫はいびきとも寝言とも区別のつかない相槌をひとつ打ったけれど、眼は開けなかった。

「ほら、歳とったら娘と一緒に暮らすのが幸せだって言うじゃないねぇ……」

座布団の上に座り直しながら姉は再びゆかりに同意を求めた。

「娘によるわよねぇ」

母もゆかりの顔を覗き込む。ゆかりは困ったように、ただ笑っている。

ふたりが揃ってゆかりを味方につけようと奪い合っているその様子に、僕はいつも以上に居心地の悪さを感じた。二世帯住宅とはいえ今時、親と同居したがる娘というのがどのくらい一般的なことなのか、世間知らずの僕には良くわからなかった。ただ、ちゃっかりものの

姉のことだから親孝行というよりは損得勘定がそこには必ず働いているはずだ。僕は胸ポケットから煙草を取り出すと、

「灰皿……」

とわざと声に出して探す素振りを繰り返し、その場を逃げるように立ち上がった。その様子を、あつしを叱る時と同じ眼でゆかりは見ていたが、僕は気付かない振りを通した。

「一緒に暮らすって言っても台所は別々なのよ。まあ、作って貰えるのならありがたく頂きますけど」

「こっちが面倒見るばっかりなんだから、家政婦と同じよ」

ふたりのやりとりはまだ続いている。台所へ行き、換気扇を回して、僕は煙草に火を点けた。その時、テレビのニュースから激しい波の音が聞こえて来た。みなテレビのほうを振り向いた。

「神奈川県横須賀市津久井の海水浴場では男性の遺体が発見されました。遺体は神奈川県横浜市の会社員萩原幹生さん53歳で、今日午後1時半頃、遊びに来ていた海水浴客が岩場に打ち上げられている萩原さんを発見し警察に通報しました。萩原さんは酔って海に入った可能

性があるとみて……」

　そこまで聞いて、姉がリモコンでテレビのスイッチを切った。

「やあねぇ……もうすぐ秋だっていうのに」

　なるべく他人事のように、サラッと姉は言った。消えたテレビの画面に視線だけを向けたまま、母は結びかけのケーキの箱の紙紐を卓袱台の上にポイと放った。その背中は、それまでとは違って固く丸まり、急に老け込んだように見えた。

「あの子……前の晩に珍しくひとりで泊まってさ。あの日、玄関で靴磨いてたのよ。そうしたら急に『海に行って来る』って。『気をつけて』って私が台所から覗いた時にはもういなかった。きれいに磨かれた靴だけが玄関に並んでたの。その景色がねぇ、眼に焼き付いちゃって……」

　母のひとり語りは重く、どこまでも暗い水の中を沈んでいくような響きを帯びていた。これは命日に限ったことでなく、里帰りをする度に姉も僕も繰り返し聞かされて来た話だった。この話を聞くたびに僕は喉の奥のほうに嫌な苦味が広がるのを感じた。相変わらず母はその玄関の風景に、何か息子からのメッセージを読みとろうとしているようだった。

「ただいま」

　その時、探検から戻った子供達の賑やかな声が中庭にした。

3人は息をきらし、サンダルを脱ぎ散らかして縁側から上がって来る。沈んでいた居間の空気は暴力的に断ち切られた。

「どこに行ってたの？」

姉が声を掛ける。

「秘密」「内緒」

口々にそう言いながらさつきと睦は台所へ走って来た。あつしもふたりに続いた。

「汗びっしょりねぇ」

ゆかりが困ったような顔であつしの背中を見送った。

これあげる、とさつきが持っていたサルスベリの花を姉に手渡した。

ピンク色のその花はまだ活き活きとしていて、中庭の花よりも美しく見えた。

「折ったんじゃないでしょうね」

姉は叱る口調になった。

「拾ったんだよ」

睦はそう言って冷蔵庫のドアを勢い良く開いた。

「麦茶にしなさいよ、アイスじゃなくて」

姉が大きな声を出した。日常の、ある意味わいざつな時間が家の中に戻って、僕は少しホッとした。

「もうちょっと早く私が声を掛けてたらねぇ……」

しかし、母は姉たちのやりとりなどまるで聞こえていなかったかのように、又ひとり語りを始めた。彼女の頭の中ではさっきの波の音がまだ響いているようだった。ゆかりはシュークリームを食べるわけにもいかず、困った顔をして眼の前の母の様子をじっとみつめている。

「あら？　また始まっちゃった？」

母の繰り言にうんざりしていた姉は、そう冷たく言った。

「いいじゃないの、今日ぐらい」

「今日だけならいいけどさぁ……」

「無理して助けることなかったのよ。自分の子供でもないのに……」

ため息を吐くようにそう言うと、母はさつきが拾って来たサルスベリの花を摘まんで立ち上がった。

「よいしょこらしょどっこいしょ」

それは重い気持ちを何とか持ち上げようとする掛け声のようだった。

姉は怪訝そうに母を見上げた。

「せっかくだから、何かおやつでも作ろうかね」

せめておやつでも作って手を動かしていないと、あの15年前の泥沼に又ひきずり込まれるのではないかと母は不安になったのかもしれない。

「もういいわよ、沢山」

「うん、まあ、でもせっかくだからさ」

姉の言葉を振り切って、母はサルスベリの花を手に台所へ入って来た。

結局母は好物のシュークリームには手をつけなかった。ゆかりはテーブルの上に残されたそのシュークリームをじっと見ていた。

僕はせっかく見付けた逃げ場所を母に押し出されるように失った。仕方なく吸いかけの煙草を流しのゴミ捨てカゴに放り込んだ。ジュッという小さな音をたてて煙草は白い煙を一筋あげた。古くなった換気扇の回る音がそのあとしばらく僕の耳に残った。

溺れた子供を助けて兄が死んだことは、当時は美談として讃《たた》えられ、新聞にも写真入りで掲載された。しかし、たとえそれがどんなに崇高な死だろうが、家族にとって亡くなってしまった欠落感は同じだった。

跡取りにと決めていた父はその後の人生設計がすべて狂ってしまったわけだし、母にしても一番の自慢の息子を失って辛かったろうと思う。僕としても、家は兄が継いでくれるものとすっかり安心していたからこそ、好き勝手なことが出来ていたのだから。

　とはいえ〝家業〟のことを考えて医大を受験し直すには僕は歳をとりすぎていたし、それが出来るような能力も無かった。何よりそこまでの義理をこの家には、つまりは父にも母にも感じていなかった。だって僕が諦めるより早く父が僕に医者になることを期待しなくなったのだから。父に対して当時の僕は、ざまあみろとまでは言わないけれど、自業自得だと思っていたくらいだ。あの事故に関してひとつ引っかかったことがあるとすれば、何故兄は最後に靴を磨いたのか？　ということだった。風呂場を掃除したのならわかる。しかし、いつもは僕の役割だった靴磨きをして亡くなったということには小さな疑問が残った。ただ母がそうだったように、そこに何か兄のメッセージを感じるような、そんな感傷を僕はきっぱりと拒絶した。そんなことで自分の人生が左右されるのは嫌だったから。にもかかわらず、僕は実際には見たこともない、兄が靴を磨いていた玄関の風景を何度も夢に見た。それがとてもしゃくに障った。

（余計なことをしやがって……）夢から醒める度に僕はベッドの中でそう呟いた。

　結局あれこれ悩んだ末に母は白玉団子を作り始めた。さつきと睦が母と一緒に手をまっ白にしながら団子を作るのを、僕は居間に寝転んで見ていた。暑さも少しおさまって庭から聞こえて来る蝉時雨もいつの間にかひぐらしに変わった。姉の家と同様、今僕たちが暮らしている四谷の2DKのマンションも畳の部屋は無かった。こうして二つ折りにした座布団を枕に横になると信夫ではないがやはりホッとする。寝返りをうった時に、日に焼けてもう新しくはない畳から、それでもちょっと草の匂いが香って来た。

今は東京では滅多に見掛けなくなったけれど、畳替えや障子の張り替えというのは、子供時代の僕にとっては浮き浮きするイベントだった。畳を替える間、父は中庭に椅子を持ち出して畳の下から出て来た古い新聞を読んでいた。父が読み終わったその新聞を兄と僕は奪い合って読んだ。誰が一番最初に障子を破るかは兄姉達とジャンケンで順番を決めた。僕が勝った時には当時人気のあったマンガの「あしたのジョー」の真似をして、「打つべし」と言いながらパンチで障子を破った。新しく障子を張るのには、母がご飯を煮て作ったのりを使った。ドロドロに溶けた白いご飯を指ですくって3人で食べたのを覚えている。もちろん美味しくも何ともなかった。この家でそんな家族の共同作業をしなくなって随分長い時間が経った。破けた襖や障子は、母の手で部分的に修繕されてはいたが、その白は既にくすんでいて、余計に家の空気を重くしているようだった。

「まあるくしたらこうやっておへそを作るのよ、親指で」

母は睦に自分の手元を見せながら次々と団子を丸めていく。ままごとの延長なのだろう、さつきは熱心に手伝っているが、睦は料理というよりはどちらかというと粘土遊びに近かった。さっきから星型だの飛行機だの、食べにくい形のものばかり作っては皿に並べている。あつしは表から帰って来て冷蔵庫の前で麦茶を飲んだあと、いつの間にかふたりと離れてどこかへ行ってしまった。2階に昇った気配は無かったから、又中庭に出たのか、それとも洋間の棚に並べられたレコードでも見ているのだろうか。こういうところが彼が〝冷めている〟と言われる所以《ゆえん》なのだろう。

「何作ってるの？」

母が睦の手元を覗き込むと、

「うんち」

と叫んで睦は片手を高くあげてみせた。

「誰が食べるのよ」

ゆかりと並んで流しで皿を洗っていた姉が振り返って笑った。母も、さっきまでの深刻な表情が嘘のように声をあげて笑っている。

白玉団子はうちのおやつの定番だった。兄は父の言いつけを厳密に守って台所へは入って来なかったが、僕は今睦がやっているように姉と並んで良く手伝った。そしてやはり、うんちの形をした団子を作っては母や姉に叱られた。へそを作り忘れて真ん中がまだ粉のまま残ってしまうことも良くあった。僕が不味そうに吐き出すと、母はそれを平気で又鍋に入れて「茹でちゃえば大丈夫」と笑っていた。おおらかというか、いい加減というか、母はそういう人だった。子供にとって白玉自体が特別美味しいわけではもちろんなかったけれど、アイスクリームやゆでたあずきと混ぜればそれはそれで結構なご馳走だった。母が同級生たちの親よりは一世代上だったからか、おやつに食べていたのはカリントウとか芋けんぴとかゴカボウとかといった古い和菓子が多かった。一度友人の家に遊びに行った時におやつに苺のショートケーキと紅茶が出て来て驚いたことがある。しかも紅茶はティーバッグではなく、縦長のガラスに葉っぱが入れられていて、上からギュッと押すやつだった。家に帰って母にその美味しさについて力説したら「和菓子のほうが身体にいいのよ」とあっさり言われてしまったけれど。

その時、卓袱台の上の携帯電話の着信音が鳴った。僕は慌てて起き上がり、手にとって名前を確認した。思った通り戸波からだった。居間で出来る話ではなかったので、なるべく周囲に勘づかれないように立ち上がり、玄関へ向かった。

心配そうにゆかりが僕のことを目で追っているのを感じたが、それに応える余裕はなかった。

「家の使いなさいよ、電話」

母が僕の背中に声を掛けた。僕は振り返らずに、いいよ、と手を上げて母の声から出来るだけ早く遠ざかった。

玄関を出る時に洋間からピアノの音がたどたどしく響いて来た。

多分あつしが弾いているのだろう。

亡くなったあつしの父は音楽の才能があって、ピアノの調律を業《なりわい》にしていたらしい。そのことがフッと頭をよぎったが、僕は今僕の業のことで手いっぱいだった。

連絡がなかったので半ば諦めてはいたけれど、面接は思った通りの結果だった。だいたい昔から僕はこういう試験に合格したためしがなかったし、くじ運も全く無かった。

「大丈夫大丈夫。そんなに気にしなくていいからさ」

電話口で恐縮している後輩を逆に明るく元気付け、電話を切った。姉達の大きな車の脇に腰を降ろし、僕はまた煙草を取り出した。今日は煙草がやけに進む。もともとの計画では、兄の命日までには再就職を決めてここへ3人でやって来ているつもりだった。しかし、この分だと正月までに決まるかどうかも怪しくなってきた。家の前を通りかかった老夫婦が、僕をみつけて挨拶をした。僕もお辞儀を返したが、どこの誰かは知らなかった。「先生のところの坊っちゃんよ」という年配の女の声が少し遅れて聞こえて来た。

僕はゆっくり時間をかけて一服した。家の中から聞こえていたピアノの音はいつの間にか止《や》んでいた。いつまでもこうやって玄関先にしゃがんでいるわけにもいかない。仕方なく立ち上がって玄関を開けると、診察室のドアの隙間から父とあつしの姿が半分だけ見えた。あつしから部屋に入ったのか、父が呼んだのかは知らないが、ふたりは医者と患者のように向き合って座っている。僕は足音を忍ばせてドアの前まで近付いた。父は革張りの立派な黒い椅子に座り、診察用のベッドに座ったあつしの両手を握っていた。

器用そうだな、と言う父の声が聞こえた。いつになくその声には優しい響きがあった。

「医者はいいぞ。やりがいのある仕事だぞ」

父は目を細めて身を乗り出し、あつしの肩を抱いた。それはちょうどあつしくらいの歳に、やはりこの診察室で僕が父に言われたのと同じ言葉だった。その声を今再び繰り返されて、何故だかとても腹が立った。

僕は入口に立ってドアを静かに押した。ドアのきしむ音にあつしが気付いて僕を見上げた。

「向こうで遊んでおいで」

なるべく落ち着いたふりをしてそう声を掛けた。あつしは腰掛けていたベッドから静かに降りた。目だけで申し訳なさそうに父に会釈をすると、僕の脇をすり抜け、スリッパの音をパタパタさせながら居間のほうへ戻って行った。

あつしの背中が廊下の角に見えなくなるのを確認してから僕は父に向き直った。

「やめて下さいよ。変なこと吹き込むの」

その一言に背を向けて、父は机の上に置いてあった湯飲みを手にとった。

「医者になんかしませんからね」

畳み掛けるように僕は言った。

父は振り返った。

「どうせあと20年も待てやしないよ」

僕は医者にならなかった自分を今更になって非難されたような気分になった。

「そんなこと言われたって……」

父はあつしに向けていた時とは全く違う鋭い視線を僕に向けた。

「お前に言ってるんじゃないよ」

僕は思わずたじろいだ。この部屋に入るといつもそうなのだが、なぜだか必要以上に緊張するのだ。

「わかってますよそんなこと……」

文句を言いに来たのに逆に責められてしまった。そのことに釈然としない思いを抱えたまま、僕は診察室を出た。

廊下に出ると、台所からは姉と母の笑い声が響いてきた。誰かの噂話をしている。どうやらふたりだけのようだ。階段下の洋間も覗いてみたが、そこにもゆかりはいなかった。僕は荷物を置かせてもらっている姉の部屋の襖を開いた。そこに彼女はいた。僕をチラッと見上げると視線を足先に戻して、ちょっと休憩、と気の抜けた声を出した。

「いいよいいよ。少し休んでなよ。疲れたろう、親父やお袋の相手するのさ」

ゆかりは黙ったままだ。両脚をまっすぐ畳に投げ出し、襖の柱に背をもたせながら足の親指の先をじっと見ている。僕はゆかりの足先に腰を降ろした。まだこの家に来てから4時間も経っていなかったけれど、ふたりきりになるのは随分久しぶりのような気がした。脚に触れようと思ったけれど、姉たちの笑い声が気になってやめた。

近所のマンションのベランダで布団を叩く音が部屋の中に響いてくる。子供が手伝っているのか、たどたどしい音がしばらく続いたあとに、ひときわ力強い音が小気味良く響いた。さっきの電話なんだけどさと、僕は唐突に切り出した。

「やっぱりちょっと今、空きがないんだって」

「ああ、世田谷の美術館？」

ゆかりは僕の言葉を遮って言った。

「口から出任せにあんなこと言って……」

やはり僕が食事の時に言った嘘を怒っているようだ。

「仕方ないだろう、話のいきがかり上さ」

正直に今の状況を話したって何の得もない。父に又軽蔑の目で見られ、母のため息が増えるだけのことだ。

「シャガールになっちゃったからね」

何が？　と僕はゆかりの顔を見た。

「今、あなたが修復してる油絵」

シャガール？　僕は思わず大きな声を出した。

きっと又母が人の話を良く聞かずに思い込んでしまったのだろう。昔からそういうことはよくあった。実際僕が修復の工房で働いていた時だってそこに持ち込まれるのは校長先生だった祖父の肖像画だの、箱のほうが値打ちがあるだろう掛け軸だのがほとんどだった。それでも埃やすすで汚れた画をクリーニングして、元通りの鮮やかな色を甦らせるのは気持ちが良かったし、その筆使いや絵の具の種類から描いた人間のことをあれこれ想像するのは嫌いではなかった。つまりはそんな些細《ささい》なところにこの仕事の面白さを見出していたわけであるが、母はそうは思っていなかった。油絵と聞いただけですぐゴッホだのルノワールだのといった名前を持ち出して、息子の職業を理想化というか夢想していたのだ。そんな母のことだから、今更シャガールが飛び出して来ても全く驚きはしない。

兄が医大に入った時だって、もう医者になったように騒いでいたし、インターンで勤めていた病院の名前がテレビのニュースに出て来たりすると、兄が関係しているんじゃないかと、その度に喜んだり、心配したりしていた。母とはそういう生きものなのだろう。

蟬の鳴き声もいつの間にかしなくなった。そのせいか、表で遊ぶ近所の子供たちの声が逆に大きく聞こえてくる。暗くなる前にと、僕は母とゆかりとあつしと連れだって兄の墓参りに出掛けた。墓は久里浜の海を見降ろす高台の公営墓地の中にあった。

墓までの道を歩きながら母は、僕が子供の頃亡くなった祖父のことを、そして兄のことを思い出しては話し、笑い、泣く。そんな時間は、きっと車で出掛けてしまっては手に入れることが出来ない。それがわかっていたからだろう。家から歩いて20分。ゆるやかとは言えない坂道を僕らは大抵いつも歩いた。霊園事務所の脇でお供えの花と線香を800円で買った。

「昔は300円だったのに、こんな花」

お釣りを財布に仕舞いながら母が又文句を言った。坂道の両脇は桜並木になっていて春先にはピンク色のトンネルになって美しい。花見のためにわざわざここまで上って来る人達も大勢いた。ただ、兄以外でここのお墓に眠っている祖父や祖母たちはみな命日は冬だったから、実はあまりここの桜を見たことがない。父は「酒飲んでカラオケ唄うだけじゃないか」とお花見などというものをはなから軽蔑していたので、家族で来ることもなかった。そう言っていた父がちょうど桜の頃に亡くなって、墓参りの度に、僕らはお花見でごった返す人々の間を歩くことになるのだから皮肉なものだ。

墓地から見降ろす海はとても美しかった。だからだろう、墓石に刻まれる文章も「海とともに眠る」とか「海へ還る」とか、一風変わったものが多い。

魚やヨットの画が刻まれた墓石もあちこちに見える。あつしはそんな墓石を見付けては近付き、ひとつひとつその文章を口の中で読み上げながら歩いている。海から吹き上げてくる風に山の樹々がその葉を裏返し、白い波が出来る。まるで生きもののように動くその様子を見る度に、僕は子供の頃に読んだ宮沢賢治の童話を思い出した。

「あら。誰だろうお花……」

最初に墓石の前に辿り着いた母が、驚いたように僕らを振り返った。墓の前にはひまわりの花が供えられ、風に激しく揺れていた。事務所で売っている花はどれも菊ばかりだったから、きっと誰かがわざわざ花屋で買ってきたのだろう。

「ゆきえさんかしら……」

少し怪訝そうな顔をして母が兄嫁の名を口にした。

「でもここまで来たら家に寄るでしょう……」

それもそうねぇ……と母はまだ思いを巡らせている。

「良雄君かなぁ……」

僕は兄が助けた少年の名を口にした。少年とは言ってもあれからもう15年経っているのだから今は25歳になっているはずだ。

「あの子はそんな気の利いたことしないわよ……」

母はそう冷たく言い放つと、ひまわりの花を両手で引き抜いて、芝生の上に放った。

「抜いちゃうの？」

僕はびっくりして母に聞いた。

墓石を指差して母は面倒臭そうに言うと、僕が提げていた桶から菊の花を取り出し丁寧に
「入んないもの」

ふたつに分けて供え始めた。母は見ず知らずの誰かに自分の息子を触られることを拒否する

ような、硬い表情をしていた。その眼差しに、母の兄への強い執着を感じて、僕はゾッとした。

「お義母さん。お線香私が……」

ゆかりが手を伸ばして母から線香を受け取り、火を点ける。その間に母は柄杓《ひしゃく》で墓石に水をかけ始めた。

「今日は一日暑かったから……気持ちいいでしょう……ねぇ」

柄杓の水が墓石を伝って流れていく。横山という灰色の文字がその瞬間に黒く光り、さらに水は下に流れた。墓石の下に溜まった水は、西陽を反射して、光った。母の目は、墓石というよりはまさに今そこにいる兄を見つめているようにやさしく輝き、その言葉も目を閉じて聞いていたら人に話し掛けているとしか思えなかった。良く見ると母はうっすらと口紅を塗っていた。出掛ける前に帽子をどれにするか悩んでいたのだが、出がけに鏡台の前で塗ったのだろうか？　それはまるで久しぶりに恋人に会いに来た娘のようだった。僕は思わず目をそむけた。息子は一生恋人みたいなものだとは聞いていたが、母にとって兄はまさにそういう存在だったのだろう。父への愛着やら信頼やらが失われてから母のその感情はより一層強くなったのだと思うけれど。そんな母の様子をあつしはゆかりの隣でじっと見ていた。死んだうさぎに手紙を書くことさえ拒絶した彼が、この母の様子をどんな気持ちでみつめているのだろう。その表情からはなかなか想像出来なかった。

風が強くてマッチを何本か無駄にしたが、ようやく線香に火が点き、ゆかりは母に手渡した。

母はしゃがんだままその線香を供え、短く手を合わせると、意外にあっさりと僕たちに場所を譲った。

仏壇の前でそうしたように、僕ら3人は並んで手を合わせ目を閉じた。墓地を取り囲んだ山の樹々がザワザワと又怖い音を立てる。その風の向こうから、電車が線路を走るカタンカタンという音が響いてきた。振り返って見ると、僕らが乗ってきた京浜急行の赤い列車がちょうど海岸線の手前の陸橋を渡っていくところだった。それは、子供の頃から繰り返し見て来た懐かしい風景だ。

「子供の墓参りなんて……こんな辛いことないわねぇ……。何にも悪いことしてないのに……」

母は僕らに背を向けたまま墓石の周りの雑草をむしっている。僕は抜かれてしまったひまわりの、まぶしいくらいの黄色を見た。母は不快そうだったけれど、僕は逆だった。あまり長くは無かった兄の人生の中にも僕らの知らない誰かがきっと存在していて、その誰かの中には僕らの知らない兄が存在している。もしかすると兄はその人に「ひまわりが好きだ」と話したのかも知れない。誰かに「ひまわりのようだ」と言ったのかも知れない。誰かに兄がそう言われたのかも知れない。そして、言った誰かが、兄の笑顔を思い出し、わざわざ町で花を買ってここまで来てくれたのかも知れない。よくわからない。ただ、もしそんなことがあるのなら、人生もそれほど悪くないではないか。


「墓参り行って来ようかな」

僕が台所で母に話し掛けた時、母は「あんたどうする？」と姉に聞いた。

「私はいいや、お盆にも行ったし……」

食べ残したご飯やらおかずやらをタッパーに詰めていた姉がそう言うと母は、

「じゃあ私行こうかねぇ」

と、急にそわそわと帽子やらカーディガンやらの準備を始めた。

「じゃあって何よ、じゃあって」

その様子を見て姉は食ってかかった。きっと母が内緒の話を僕としたがっていることに気付いたのだろう。姉はそういう勘は妙に働いたから。案の定、ふたりきりになると母は姉に持ち出された家の改築と同居について僕に相談を持ち掛けて来た。

「ちなみには言わないでよ……」

坂を並んで下りながら母は何度も僕にそう念を押した。

白い日傘を差したゆかりは、あつしと並んで少し先を歩いている。プリーツの細かく入った白いスカートが少しだけ太陽の光に透けて、風に揺れるのが美しかった。息苦しい家の中での時間から解放されて、ゆかりもこの散歩を楽しんでいるように見えた。

「母さんはどうしたいんだよ？」

僕がそう問いただすと、

「どうしたら良いと思う？」

と逆に聞き返された。好き嫌いのはっきりした人だったから昔ならこんなことは決して無かったのに。これが老いるということなのだろうか、母は日常的なことから、こういった大きなことまでその判断を僕に預けることがここ2、3年で急に増えた。だからと言って僕が言った通りに決断するかといったらそうとも限らないのだから余計困ったものだ。

「信夫さんも悪い人じゃないけど……今更他人と住むのはねぇ……子供たちもギャーギャーうるさいし」

母は顔をしかめてみせた。あんなに世話になっている信夫や、可愛がっている孫たちのことをいともあっさりと切って捨てる。そういう、他人に冷たいところが母には昔からあった。

「嫌なんじゃない、やっぱり」

僕はからかうように言った。

遠慮があるのか、母は面と向かって姉に嫌だとは言えないらしかった。この引越に関しては、診察室を失うことになる父のせいにして、

「お父さんが嫌がると思うのよ」

と繰り返し言っていた。

「こんな時ばっかりお父さん持ち出すんだから」

姉はそう言って怒った。

普段は父に対してあんなに邪険にしているくせに、確かに卑怯《ひきょう》な言い草だ。この戦いは姉に分があるように思われた。

「だって……そうなったらあんた戻って来にくいでしょ……」

母はちょっと甘えたような声を出した。さっき兄に語り掛けていた口調を思い出して僕は思わず母の顔を覗き込んだ。

「俺は無理だってば」

僕は先手を打って母の思惑を打ち砕いておきたかった。

「お父さん死んだらでいいからさぁ……」

母はサラッと言った。彼女の頭の中で描かれているこれから先の10年が何となく想像出来

た。そして僕は、どんな形にせよその10年には極力関わらないで済ませたいと心底思った。

「俺に兄さんの代わりは出来ないからね」

「わかってるわよ、そんなこと」

「だったらさぁ……」

前を歩いていたあつしとゆかりが僕らが遅れていないか確認するように振り返った。母はそのふたりに向かって柔和な笑顔を見せ、手に提げていたひまわりを振ってみせた。ゆかりたちが又前を向いて歩き出すと、母は急に声のトーンを変えた。

「あんたのところ、どうするの？　子供」

「何だよ、急に……」

僕は遠ざかって行くふたりの背中に目をやった。彼らの話し声は風に遮られてこちらには全く届かなかった。

「よく考えなさいよ。作っちゃったら別れにくくなるんだから」

僕は一瞬自分の耳を疑って、思わず立ち止まった。今母が言った言葉を反芻《はんすう》し、自分の中で確認した。そうか。母はやはりこの結婚には納得していなかったのだ、と。

「何言ってるんだよ、そんな……。普通はさ、早く孫の顔が見たいとか、そういうもんなんじゃないの？」

僕は自分の中の狼狽《ろうばい》を悟られないように、ことさら明るく言い返した。

「だっておたく普通じゃないんだもの」

母は拗《す》ねるように言うと、又ゆっくりと歩き出した。自分の思い通りには子供は育ちはしないのだという現実を受け入れられない、だだっこのような母にうんざりしながら、僕はそれでも仕方なく母と並んで歩き出した。

「今時珍しくないの。こういうのは……」

僕が独身だった時には、とにかく結婚結婚と電話を掛けてくる度に言っていた。最後には「どんな相手でもいいから」「すぐに別れてもいいから」と懇願するようになった。もうそれは子供の幸せを願っているというよりは、世間体を気にしているだけにしか僕には思えなかった。さすがにうんざりして、そんなに結婚させたいのなら結婚したくなるような幸せな夫婦の姿を見せてくれよ、と言い返したことがあった。そうしたら母は「ひどいこと言うわねえ、あんたは……」と言って急に黙ってしまった。その時の母は、心の底から自分の結婚を後悔しているようで、その結婚の結果生まれている僕としては、それが余計にショックだったのを覚えている。

くねくねと曲がった墓地の砂利道を抜けて、車も走れる広い通りに僕たちは出た。ここから海へ向かって急な坂を下るのは脚に応えたけれど、見降ろす町の景色は好きだった。僕は大きくひとつ深呼吸をした。さすがに潮の香りはしなかった。その代わりに、どこかのお墓に供えられたお線香の香りが微かにした。並んで歩く母の息がちょっとあがっている。僕は歩くスピードを少し落とした。

「あら。黄色いチョウチョ」

母が指差したほうを見ると、ちょうどゆかりとあつしの背中のあたりに紋黄蝶が飛んでいる。あぁ……と僕は気のない返事をした。

蝶は浜からの風に煽られて、飛んでいるというよりは飛ばされないように必死にバタついているように見えた。

「あれはね、冬になっても死ななかった紋白蝶が翌年黄色くなるんだって……」

母は蝶を目で追いながら言った。

「ほんと？ なんか嘘くさいなぁ……」

「そう聞いたわよ」

「誰から？」

「忘れたけど……」

ふぅんと僕は相槌を打ったが、信用していなかった。きっと又いつもの思い込みか勘違いだろう。

「それ聞いてからあの蝶見ると……何か切なくてね……」

母はため息を吐くように言った。きっとこの黄色い蝶に死んだ兄を重ねていたのだろう。でも兄が死んだのは15年も前なのだから、いくら何でもそんなに何年も冬を越す蝶はいやしないだろうにと、僕は言おうとして、やめた。


小学生の頃。たぶん理科の実験か観察か何かがきっかけだったのだろう、家で蝶を羽化させたことがあった。学校の校庭の脇に大きなキャベツ畑があって、そこに青虫が沢山いるのだという情報を入手した僕たちは、放課後勇んでその畑に向かった。持ち主のお百姓さんに正直に話すと、「そりゃあ、かえって大助かりだなぁ」と喜んで了解してくれた。僕らは手分けしてキャベツの葉と葉の間に隠れている青虫を探した。ひとつのキャベツに2、3匹は必ずいた。僕らが用意した3つの虫籠《むしかご》は日暮れまでにすべて青虫でいっぱいになった。その収穫の大きさに僕らは興奮した。家に持って帰って姉に籠を見せたら悲鳴を上げられ、「絶対に家の中に入れないで」と泣いて頼まれた。

仕方なく僕は彼らを裏庭で育てることにした。100匹近い青虫に小さな虫籠は狭すぎたので、使わなくなって勝手口に置かれていた金魚用の水槽を洗って引越をさせた。野菜なら何でも食べると教えられたのだけれど、僕は念の為、えさはキャベツだけと決めた。せっせと毎日キャベツをやったら、数週間してみんな蛹《さなぎ》になった。その日から僕は毎朝目が醒めると真っ先に裏庭の水槽の前へ行って中を覗き、蛹に変化がないかを確認した。

ある日。歯ブラシを口にくわえて、いつものように裏庭に出た僕は異変にすぐ気付いた。駆け寄ると、水槽の中は花が咲いたように真っ白になっていた。まだ羽根が縮んだままのものもいたが、百匹の蛹は、ほぼ一斉に蝶になっていたのだ。歯みがきを慌てて終らせると僕はその水槽を抱えて表通りに出た。そして蓋を開け、しばらく息を殺して待った。しかし、蓋が開いたことに気が付かないのか、まだ飛ぶ準備が出来ていなかったのか、蝶はじっとして動かない。僕は、急に不安に襲われた。キャベツ畑からこんなところへ連れて来てしまったので、もしかすると飛べない蝶が生まれてしまったのかも知れない。トントンと指で水槽のガラスを叩いてみた。それでも蝶は動こうとしなかった。とても長い時間が経ったような気がした。諦めかけて、父か母を呼んで来ようかと思い始めた時、風が吹いて、通りの樹々をザワザワと揺らした。その瞬間だった。

眼の前が一瞬真っ白く覆われ、僕は思わず目を閉じた。水槽の中の紋白蝶はその風を待っていたかのように一斉に飛び立ったのだ。その時、蝶がはばたいていく音を僕は耳元で確かに聞いた気がした。それは鳥の群れのようなバサバサという大きな音だった。あっという間に蝶はみんないなくなって、僕の手元には蛹の抜け殻でいっぱいの水槽が残った。その水槽を覗いた時、急に吐き気に襲われた。僕は水槽を抱いて裏庭に駆け戻ると、ホースの水を勢い良く水槽の中にかけ、蛹の抜け殻を全部洗い流してしまった。その時はそれがどういう衝動だったのか良くわからなかった。しかし、今は、はっきりとわかる。僕が感じたのは、紛れもなく死だったのだ。蝶の誕生にではなく蛹の死に心は強く震えたのだ。死の群れに包まれて、僕は恐怖を感じたのだった。

そんな体験をふと思い出したからだろうか。僕は紋黄蝶に死んだ兄を重ねている母を無下《むげ》に否定できなかった。蝶には、どこかそんな風に人を死に引き寄せるものがあるのかも知れない。

これは父が死んだあとのことだけれど、一度母とふたりで墓参りをしたことがあった。その時の帰り途《みち》でも母は蝶の話を持ち出した。

「この間、駅まで買い物に行こうと思ってバス停まで歩いてたらさ、ずっとチョウチョがついて来るのよ……」

僕は黙って聞いていた。

「それでさ、バス停に着いたら、そのチョウチョもバスを一緒に待つみたいに私の側《そば》から離れて行こうとしないのよ。だからきっとお父さんだと思ってね……」

母はそう言うとちょっと懐かしいような寂しいような顔をした。あんなに喧嘩ばかりしていたのに、死んだらすぐに父の持ち物は捨ててしまったのに、やっぱり夫婦っていうのはそういうものなのかと僕は微笑ましく思った。しかし、それは早合点だった。

「だからね、お父さんでしょって声に出して言ってやったの。私はこっちでひとりで楽しくやってるんだから、まだ迎えに来ないで頂戴って。そしたらわかったみたいでさ、フラフラと海のほうへ飛んで行っちゃった……」

母はそう言って笑った。その時は一瞬でも感動した自分が馬鹿みたいだと思ったけれど、亡くなったあとどんな形であれ少しは母も父のことを思い出していたんだと、今では納得するようになった。

墓地の出口のあたりまで降りて来たところで、母は道端に無縁仏を見付けると、手にしていたひまわりの花を供え、軽く手を合わせた。ゴミ箱に捨ててしまったらどうしようかと思っていたが、ちょっと安心した。事務所の脇で待っていたゆかりたちと合流して僕らは又歩き出した。4人の脇を車が一台通り過ぎて、墓地の方へ上って行った。

「この坂を上るのも年々しんどくなって……」

さすがに母は少し疲れた声を出した。

「車ならねぇ、ちょちょいのちょいなのに」

母は走っていく車を目で追っている。

「歩いたほうが健康にはいいんですよ」

僕は諭すように母に言った。ゆかりが僕を振り返って笑った。

「ほんとにいい運動になった。今晩はぐっすり眠れそうだわ」

母は嫌味っぽく笑った。

僕は車が上って行った墓地のほうを振り返った。太陽が山の向こうに隠れて、逆に樹々の緑は鮮やかに見えた。日が暮れた山は少しだけもう秋の気配を漂わせているようだった。


家へ戻ったのは夕方5時近かっただろうか。薄暗くなった玄関には見慣れない、履き古された安物の革靴があった。今井良雄だった。兄が海で自分の命と引きかえに助けた少年だ。良雄は僕らが居間に戻った時にはその丸く太った脚を窮屈そうに折り曲げて正座をし、仏壇の前で自分の持って来た水ようかんを食べていた。父は縁側で胡坐をかき、傍らに蚊取り線香を置いてじっと中庭を見ている。僕らも「お久しぶりです」「元気？」などといった短い挨拶を交わして居間の卓袱台の周りにバラバラと座った。母は、流れる汗の止まらない良雄の傍らに扇風機を運び、スイッチを強にして首を彼に向けて固定した。1年ぶりに会ってみると、良雄は又少し太ったように見えた。誰かに借りてきたのだろう、サイズの合っていない小さいスーツに駅のコンビニで買ったような安物のネクタイをしめている。仏壇の前には汗で濡れて文字の滲《にじ》んだ香典袋が置かれていた。彼の目の前のコップに麦茶を注ぎながら姉が和やかに話し掛ける。

「じゃあ来年卒業なんだ、大学も……」

はい、おかげさまでと頷いて良雄は人の良さそうな笑顔を見せた。確か2、3年浪人したあとに、名前は忘れたが学費だけ高いことで有名な地元の私立大学に入学したはずだ。あれからもう4年も経ったのだ。

就職は？　と姉が重ねて聞いた。

「マスコミに行きたかったんですけど、どこも駄目で」

良雄は又笑った。

その顔は子供と親父が同居していて、可愛くもなく、精悍《せいかん》でもなかった。

「あれはどうしたの？　お芝居の学校は」

扇風機の脇に座っていた母が聞いた。

「すいません、それは一昨年やめちゃって……」

何か言う度に良雄は必ず小さく頷く。

「あら、そうだったの？　もったいない」

母はびっくりしたような声を出した。

「母さん去年も同じこと言ってたわよ。そこに座って」

確かに昨年の兄の命日にも、良雄はここに、背中を丸めて汗だくになりながら座っていた。

そして姉の言う通り、母は今と同じように彼が演劇学校をやめてしまったことを残念がっていた。母はそのことをすっかり忘れているようだった。

「今、小さな広告の会社でバイトしているんで、そこでもいいかなって……」

「いいじゃない」

僕は明るく相の手を入れ、ねぇ、と向かいに座っていたゆかりに同意を求めた。ゆかりは声には出さずに小さく頷いた。

「いえ。広告っていっても、スーパーのチラシとか、そういうやつですけど」

良雄は恥ずかしそうに言った。父の背中がほんの少し動いた。それほど暑くもないのに、何かを否定するように、さっきからずっと団扇《うちわ》をせわしなく動かしている。良雄はコップに半分くらい残っていた麦茶を啜るような音を立てて飲んだ。

「試験受けたの？」

姉が麦茶のおかわりを良雄のコップに注ぎながら聞いた。

「いえ、そういうあれじゃなくて。ひとまずこのままバイト続けてみようかなと思って……」

良雄はおかわりで注がれた麦茶を又一息に飲み干した。姉の隣に座ったさっきが、面白い生きものを見るような眼で良雄のことをジロジロと見ている。本当に子供というのは正直で残酷だ。

「まあ……何にせよ、人間元気なのが一番だから、ね」

姉が言った。それは恐らく良雄を救うために言ったつもりだったのだろうけれど、結果的には余計彼の居心地を悪くしたように僕には映った。

「もう元気ぐらいしか取り柄がなくて」

冗談のつもりでそう言ったのだろう、良雄は言い終りを待たずに自分から笑い出した。そのことで周りにいた人間は逆に笑うタイミングを失ってしまった。

しばらくの間、居間には良雄の笑い声だけが響き、そのあとに奇妙な間《ま》が出来た。誰もその間を埋める努力をしなかった。良雄は手に持っていた空のコップを卓袱台の上に置き、正座し直した。

「あの時純平さんに助けてもらわれなかったら、今の僕はここにいないので、本当に申し訳ない気持ちと、感謝の気持ちで一杯です。ありがとうございます。純平さんの分まで、しっかり生きますから」

良雄はあらたまってそう言うと、自分に言い聞かせるようにゆっくり頷いた。そして、みなに背中を向け、仏壇の脇の兄の写真を見ながら鈴《りん》を叩いた。加減がわからなかったのか、それはひしゃげたような音になって居間に響きわたった。良雄の大きく丸い背中はまだ汗でぐっしょりと濡れていて、白いシャツは肌色が透けて見えた。その様子が面白かったのだろうか、あつしが自分の膝に顔を埋めてくすくすと笑い出した。隣に座ったゆかりがやめなさいと肘で突いたけれど、あつしはやめなかった。父の団扇はいつのまにかその動きを止めている。手を合わせ終った良雄はみなのほうに向き直ると「それじゃあ失礼します」と畳に手を揃えて頭を下げた。その頭の下げかたから、ここへ来るのは今年で最後にしようと彼が決心しているのだと、僕は悟った。15年も毎年欠かさず来ているのだ。いくら命の恩人とはいえ、今時の若者にしてはかなり律儀なほうだと思う。これ以上彼の人生の行く末を見るのは、こっちとしてもちょっと気が重いところがあった。そろそろ潮時だろう。上着を手に立ち上がろうとした良雄は、何かにつまずいたように急に前のめりに倒れた。ズシンという大きな音がした。長いこと脚を折り曲げて正座していたので痺《しび》れてしまったらしい。良雄は「イタタ……」と声をあげながら何かにすがるように手を伸ばした。仕方なく目の前にいた僕がその手をつかんで彼の身体を支えた。ふたりが一緒に立ち上がった時、僕の手が、彼のズボンのベルトにかかって、メリッと縫い目の伸びきる音がした。大丈夫ですか？　と母は暢気《のんき》な声を掛ける。

「痺れちゃったのかな？」

別に言葉にして確認しなくてもいいことをあえて口にして、母は僕たちの後からついて来た。そのことで余計良雄は恐縮しているようだった。僕に支えられて歩いている間、彼はずっとスイマセンと言い続けていた。

玄関まで歩くと良雄は「もう歩けますから」と申し訳なさそうに笑顔を向けた。僕は何だか情けなくて、逆に彼を励ましたくなった。

「まだ25じゃない。これから頑張れば何にだってなれるからさ」

そう言って彼の背中をポンと叩いた。ビシャッという気味の悪い音がした。それは風呂で使ったばかりのタオルのように湿っていて、僕の指先は彼の汗で濡れた。

「いやぁ、もう僕なんか人生先が見えちゃって……」

玄関に降りて靴を履きながら、彼は卑屈に笑い返した。その顔は25歳の青年のものではなかった。その笑顔に僕ははじめて強い嫌悪感を持った。僕は濡れた手をズボンのおしりのあたりでこっそりと拭いた。遅れて母と姉が見送りにやって来た。

「来年も又、顔見せて下さいね」

僕たちを今日迎えたのと同じように、玄関の板間に膝をついて母は良雄に笑顔を向けた。窮屈そうに上着を着ている途中で良雄はその動きを止め、振り向いた。

「約束よ。必ず来て頂戴ね。待ってますから」

母は微笑んではいたが、その瞳には有無を言わせない強さがあった。兄と、目の前のこの良雄を重ねて考えているわけではさすがにないだろう。なのに何故母が彼の訪問に固執するのか。僕には良くわからなかった。もしかすると、兄にまつわるすべてのことが、ひとつひとつ消えていき、兄がすっかり過去になってしまうことが耐えられないのかも知れない。だとしたら良雄には良い迷惑だ。

困惑をその顔に浮かべながらも小さく頷くと、良雄ははい、と答えた。そうして何とか上着を着終ると、それじゃあ失礼しますと、最後にもう一度一礼し、彼は玄関のドアを開けた。ドアを閉める時に又思いのほか力が入ってしまったらしく、バタンと大きな音がして、玄関全体がジーンと震えた。ドアの向こうで良雄が小さな声で「スミマセン」と言っているのが聞こえた。

「また太ったわね、あの子……」

　足音が遠ざかるのを待たずに姉が呟いた。

「100キロくらいあるかしらね。背中のところにこんなお肉……」

　母が立ち上がって玄関を向いたまま自分の背中のあたりを両手で触ってみせた。

「水ようかん2個も食べちゃったわよ。自分で持って来たやつ。おぐらと抹茶」

　姉は指を2本立ててみせた。

「麦茶3杯も飲んでた」

　母は指を3本立てた。

　僕らは誰からともなく廊下を居間へ向かって歩き出した。キャッと姉が突然悲鳴をあげて飛びのいた。

「ほら、そこ。汗たれてる。あ、ここにも。やだ、汚い」

　確かにさっき良雄が歩いたところに沿って点々と汗が垂れている。母は台所から雑巾を持って来て廊下に放ると、足で拭き始めた。

　僕は何だか良雄がとても可哀想に思えて来た。僕も汗かきだからわかるが、持っている紙がぐちゃぐちゃになったり、ペン書きした文字がこすれて滲んでしまったりすることはよくあった。しかし、それは自分ではどうすることも出来ないのだ。せっかく香典を持って来て、ここまで嫌がられたんじゃあ、たまったもんじゃない。だったら扇風機じゃなくて冷房を入れてあげればいいじゃないか。ましてや来年も来てくれなんて言わなければいいのだ。足先で器用に雑巾を摘まんでいる母を見ながら僕はそう思った。

「あの子、『助けてもらわれなかったら』って言ってたけど、もらえなかったらよね、ほんとうは」

母は足元を見ながら呟いた。

「2階のロデオボーイあげれば良かったんじゃない？」

半分残っていた水ようかんを又食べ始めながら姉はどうでもいいように言った。

「そうだね。そうしようか」

母は急に足を動かすのを止めると、

「あんたバス停まで追い掛けて行ってさ」

と、姉に向かって手をバタバタさせた。

「私はやあよ。良ちゃん行きなさいよ」

自分で言い出しておいて姉は僕に話をふった。

「俺だってやだよ、そんなの」

僕は居間に立ったままうんざりして言った。

「あんな……」

縁側に座った父が庭を向いたまま呟いた。

「あんな下らない奴の為に、何でよりによってうちの……。他に代わりはいくらだっていただろうに」

父はそう吐き捨てるように言った。それはひとり言というようなものではなく、明らかにみんなに聞かせようと思って行なわれた呟きだった。僕はあつしの顔を見た。彼はまだクスクスと笑っている。

「下るとか下らないとか、そんな言い方しないで下さいよ。子供の前で……」

僕は父を見降ろして言った。

「何がマスコミだよ偉そうに……」

父は僕の忠告を無視して、話し続けた。

「別に偉そうになんてしてなかったじゃないですか」

僕は出来るだけ冷静に、父を諭すように言った。だって彼は本当に偉そうではなかった。むしろ卑屈すぎるくらいだったのだから。

「今の僕って、お前。ただのフリーターじゃないか」

父は聞いていないようなふりをして団扇を動かしていたくせに、良雄の言葉をひとつひとつ繰り返してみせた。

「いいじゃないですか。まだ若いんだから」

僕は座布団にゆっくりと腰を降ろした。

「無駄に図体ばっかりでかくなりやがって。あんな奴は、生きてたって何の役にも立ちゃしないよ」

さすがにこの一言だけは腹に据えかねた。しかし、ゆかりやあつしの前で父とこれ以上口喧嘩をするわけにもいかない。僕は大きくひとつ深呼吸をして、怒りがおさまるのを何とか待とうとした。

「だから謝ってたんじゃない？　すいませんすいませんって。誰だっけ？　太宰治だっけ？」

姉が僕たちふたりの間に割って入って冗談にしようとした。いつもはありがたいこの助け舟も、今日に限っていうと何だか馬鹿にされたような気がして逆に不快だった。

「林家三平じゃないの？」

母は扇風機を片付けながらゲンコツをおでこに当てて「すいません」とお辞儀をしてみせた。その仕草を見てゆかりが思わず吹き出した。ゆかりの隣ではさっきからずっとあつしが自分の膝の間に顔を埋めて笑いをこらえている。僕はそのことがやけに気になってイライラした。

「関係ないだろう太宰治も、三平も」

僕は姉と母を見た。

父は縁側に座ってまた団扇を扇いでいる。

「比べるなって言ってるんだよな、人の人生を……」僕は父の背中に向かって言葉をぶつけた。「彼だって精一杯頑張ってる訳だしさ。そりゃあ、思うようにいかないことだってあるかも知れませんよ。だけどさ、父さんみたいに、上から目線で、それをいちいち下るとか下らないとか……」

僕の話はまとまらずにダラダラと長くなった。そのことが自分でも腹立たしかった。

目の前に座っているあつしが小声でゆかりに囁き掛けた。

「あの人。靴下、かたっぽだけ、真っ黒だった」

僕には良く見えなかったが正座していた時の良雄の靴下が、あつしはずっと気になっていたようだ。その一言を聞いて姉も「見た見た真っ黒」とおかしそうに笑い出した。普段僕の前ではあまり見せたことのない楽しそうな顔であつしは笑っている。そうして自分の靴下を指差し、ゆかりや姉に見せた。僕のことを気にして笑いをこらえていたゆかりまで、たまらずにクスクス笑い出した。

「笑うな」

僕は叫んで、父からあつしのほうへ向き直った。その拍子に、卓袱台の上に置いてあった麦茶のコップを倒してしまった。

あら、こぼしたの？　母がわざわざ声に出して言って、布巾を投げて寄こした。

「怒鳴ることないでしょう」

姉はその布巾を拾って卓袱台を拭きながら、僕に非難の眼を向けた。何で大人気ない父は批判されずに、それを諫《いさ》めた僕に矛先が向けられてしまうのか釈然としなかった。

「何ムキになってるんだ。いい歳して。お前には関係ないだろう」

ムキになって良雄のことを非難していた自分のことは棚にあげて、父は急に大人のふりをし出した。

「医者がそんなに偉いんですか？」

このまま引き下がるわけにはいかなくなって、僕はもう一度父に向き直って言った。ティッシュの箱を手にしたまま、もうやめて、という眼でゆかりが僕のことを見ている。

「広告だって立派な仕事じゃないですか」

僕は言葉を重ねた。

「兄さんだって生きてたら、今頃どうなっていたか。わかったもんじゃないですからね。人間なんてさ」

母が寿司屋の小松について言った言葉を僕はそのまま繰り返した。どんなに立派な息子で、成績優秀だったとしても、今生きていたらもう45歳。どこにでもいるただのおっさんになっている可能性だってゼロではないだろう。父や母が期待した通りのレールの上を兄がずっと走り続けた保証など何ひとつないのだ。医者なんか辞めて失業しているかも知れないし、離婚しているかも知れないじゃないか。なのにいつまでも兄の存在が理想として語られるのは、現実を生きていかなくてはいけない人間には迷惑だ。そんな本音を込めた皮肉のつもりだったが、ちょっと皮肉が効き過ぎたのかも知れない。その場の誰もが動きを止めて居間は静まりかえってしまった。

ゆかりは視線を卓袱台に落としたまま上げようとしない。さすがに姉もこの空気を冗談で救ってくれるわけにはいかないようだった。

その時、スルスルと音がして和室の襖が開いた。みなが振り向いた先には信夫が立っていた。ずっと隣の部屋で寝ていたのだけれど、居間での僕らの言い合いを聞いて眼を醒ましたようだ。

「いやあ……下らない下らないって言うから、僕のことかと思ってなかなか出て来られなかったんだけど、良雄君かぁ。安心した」

そう一息に言うと、信夫はいつもの屈託の無い笑顔を見せた。その笑顔に、固まっていた居間の空気がいっぺんに解けた。一緒に寝ていたのだろう、タオルケットをマントのように頭からかぶった睦が、信夫の脇から飛び出して来て卓袱台の上の水ようかんを手にとった。止まっていた時間が再び動き出した。

「でも、もう少し痩せればいいのにねぇ」

母は良雄が食べた水ようかんを片付け始めた。そうねぇ、と姉が相槌を打った。

「何て言ったっけ？　昔いたお相撲さんで似てる人」

母は一瞬目を閉じて記憶の中を探すようにした。

「高見山？」

姉が大きな声を出した。

「それハワイの人じゃない、火の用心の。違うわよ。こう、顔が中べそになっててさ」

母は自分の手のひらを顔の前でそらしてみせた。

「中べそって何よ？」

姉が母を見ながら言った。

「だって、昔土俵の下に顔から落っこちた時に、鼻ケガしないでおでことあご擦りむいたんだから……」

そう言って、母は自分で笑っている。

「そろそろ帰ろうか。ドライバーも起きて来たし」

姉の一言に、水ようかんの蓋を開けたばかりの信夫が動きを止めた。

「え？　もう帰るの？」

帰るよ、と言って立ち上がると、姉は「戸締まり用心火の用心……」と唄いながら居間を出て行った。高見山が出演していたコマーシャルの歌だ。僕も覚えている。

お開きになったのを感じた父も、ようやく縁側から立ち上がった。イライラと団扇で胸元を扇ぎながら僕の背中を通り過ぎる時、

「純平の分までって……。誰にことわってそんなことを……」

と、まだぶつぶつ呟いていた。きっと又診察室にしばらくこもってしまうのだろう。

和室に上着を取りに行った信夫がもう一度襖から顔を出した。

「良多君、ＲＶね」

そう笑いながら言うと、ハンドルを握る真似をして姉の後を追い掛けて洋間のほうへ走って行った。僕も仕方なく、少し遅れて笑い返した。水ようかんを抱えた睦も信夫のあとを追って走った。

お盆を持って母と台所へ向かったゆかりが、

「水ようかん持って来てくれる？」

とあつしに声を掛けた。あつしが立ち上がって台所へ向かった。

居間には僕だけがひとり残った。洋間から姉の歌声がまだ聞こえて来る。信夫とさつきも楽しそうに声を合わせている。和室の庭先のもの干しで、ビニールシートが揺れていた。夕方の黄色い光に透けながらゆっくりと動いているビニールシートは、少し寂しげで美しかった。

その鮮やかな黄色を見ていたら僕は墓地のひまわりを又思い出した。何だか僕だけがひとり子供で、融通がきかず、冗談もわからない人間のような気がした。いや、この家では小さい頃からずっとそうだったのかも知れない。それを今思い出したのだった。麦茶で濡れた布巾を指先で触ってみた。冷たかった。やっぱり来るんじゃなかったな、と僕はこの時小さく後悔した。

「大丈夫よ、そんなに高くないんだもん。軽いのよ。いくらって……。いいじゃないそんなこと。ふたつもみっつも買うわけじゃないんだからさ……」

姉と電話をしている母の声が廊下から居間に響いてくる。何の話題なのか僕にはさっぱりわからなかった。睦がまた忘れていった帽子を、送ろうか家に置いておこうかという確認の電話は話題を次々と変え、10分経っても終らない。冷めるのも何だから、と僕達は出前のうな重を母抜きで又食べ始めた。

「お義母さん、持ってらっしゃったわよね」

ゆかりが耳に手を当てて携帯電話をかける仕草をした。

「そこに置いてあるよ」

僕は居間の隅にあるサイドボードの上を割り箸で指した。「らくらく」と母が呼んでいる、操作の簡単なピンク色の携帯がポツンと置かれている。機械に弱い母の為に姉が買ってあげたものらしい。

「こっちからかける時はわざわざ部屋出てって家の電話使うんだよ」

うなぎには手をつけず、ビールばかり飲んでいる父がおかしそうに言った。

あら？　どうしてかしらとゆかりが首を傾けた。

「線でつながってないと信用できないって言うんだ、あのバカ」

父は意地悪そうに鼻で笑うと、半分ほど残っていたゆかりのコップにビールを注いだ。ゆかりも笑いながらコップに手を添える。父は一緒に飲む相手がいることが嬉しいのか、さっきから上機嫌だ。ふたりの笑い声が重なり合ったその時、指先でくるくると帽子を回しながら母が戻って来た。

「置いといていいって……」

座布団に座ろうとして母は父とゆかりが笑っているのに気付いた。

「何よ、何がおかしいの？」

そう言いながら居間の隅に重ねられた座布団の上に帽子を放った。父は、何でもないよ、と母を相手にしようとしない。美味そうにビールを又一口飲むと、口ひげについた泡を親指でぬぐった。ゆかりも次の笑いをこらえて下を向いている。そのふたりの様子に母はちょっと嫉妬したようだった。

母は電話が好きだった。と言っていいのかどうか、よくわからない。確かに電話をよくかけて来たけれど、それは僕が家に寄りつかなかったからかもしれない。ちょくちょく顔を見せていれば電話をかける必要はそれ程なかっただろう。好きというよりは必要に迫られて、会うかわりにかけていたのだとしたらやはり少し心が痛む。

携帯電話は嫌っていた母だったが、父が亡くなった前後には使い方を覚えてよくメールを送ってよこした。睦やさつきともやりとりをして「若いメル友が出来た」と喜んでいた。

最後に母と電話で話した時のことは今も鮮明に覚えている。12月29日の朝9時をちょっと過ぎた頃。四谷のマンションの電話が鳴った。そのベルの音をベッドの中で聞いて、僕は母に何か起きたのだということがすぐにわかった。そして自分の犯したミスに胸の奥がザワついた。電話は姉からだった。母からさっき電話があったのだけれど、どうも様子がおかしい。

電話を切って救急車を呼んだんだけど、すぐに家へ向かうからあんたも出来るだけ早く来て頂戴。電話口で姉は言った。受話器を置いて、僕は出掛ける準備をする前に試しに実家へ電話をしてみた。

「はい、横山です」

母が出た。まずそのことに驚いた。どうしたの？　大丈夫。何か転んでさ。寒くって。そう話す口調はいつもの母よりもゆっくりしていて、同じことを繰り返すばかりで要領を得なかった。「寒くてさ、動けないんだよ。どうしたんだろう」。僕はどうすることも出来ずに受話器を握っていた。そうこうしているうちに受話器の向こうから救急車のサイレンが近付いて来るのがわかった。

救急車来たね。あらそうなの？　姉さんが呼んでくれたんだって。やあねえ、みっともない。そんなこと言ってる場合じゃないだろ。僕は少しイライラしながら電話口で待った。しばらくすると隊員が家に入って来て母と電話をかわった。すぐに実家に向かう旨を伝え、母が運ばれるだろう近所の救急病院の名を教えてもらった。あとでわかったことだけれど、母はこの時、救急隊員に自分で健康保険証を手渡していた。廊下に座り込んだまま立ち上がれなかったはずなのに、どうやってテレビの上に置いた保険証を渡したんだろう。姉も僕も不思議に思ったけれど、しっかりものの母らしかった。

母が倒れる1週間程前に珍しく父から電話があった。もしもし横山ですと僕が言うと、父は名乗らずに「ああ……元気か？」と言った。僕はその一言だけで父だとわかり「ああ何とかね」そう答えて、珍しく自分から電話をして来た父の様子がいつもと違うことに気付いた。どうしたの？　足の調子はどう？　僕が尋ねると父はそれには答えずに多少口ごもりながら用件を切り出した。

「母さんのことなんだけどな……」

僕はその言葉を引き取るように、

「ああ……それなら心配いらないよ」

と明るく返した。

「昨日も電話で話したし、何とか元気にやってるよ」

そう答えた僕に、父は言った。

「それがそうでもないんだよ……」

「そうなの？」

父の声の深刻さに、僕も少し不安になる。

「うん。たぶん28日ぐらいだと思うんだ……」

父は、はっきりとそう言った。

そこで目が醒めた。やけにリアルな夢だった。その時の父の声は今も僕の耳の奥に残っている。父は前の年に亡くなっていた。夢の中の僕もそのことは理解した上で父と話しているようなところがあった。ベッドから起きて顔を洗った後も28という数字がはっきりと頭の中に残っていた。12月の28日は仕事納めの日だ。編集部のスタッフ達と軽い打ち上げをし、それから家の大掃除をして年賀状を書き、31日には母の暮らす実家にゆかりとあつしと3人で戻る予定だった。夢のことをあまり気にし過ぎるのも嫌だったが、僕は父から電話のあった日から28日まで毎日母にメールをした。母からはいつも通り虫歯や身体を心配するメールが返されて来た。それですっかり安心してしまった僕は、様子を見に帰ることはしなかった。せっかく父が教えてくれたのに。まあ、どうせあと3日もすれば戻るんだ。今戻ってしまったらそのまま正月まで居続けることになるだろう。それは避けたかった。そこまで母の為に時間を割く余裕は精神的にも肉体的にも無い。僕はそう思ったのだ。その後悔というか罪悪感は今も消えていない。倒れた時に母の傍にいて何が出来たのかは正直わからないけれど、その後何度も僕は母を抱きかかえて救急車の到着を待っている夢を見た。その夢を見なくなるまで3年かかった。この出来事から学んだことは、人生にはどうしても取り返しのつかない失敗というものがあるのだ、ということだった。そのことに気付くのはしかし、もっとずっと後になってからのことだ。

座布団に座り直すと、母は一口食べただけのうな重の蓋を開き又美味そうに食べ始めた。

「どうせならあいつらも晩飯食べていきゃあよかったんだ……」

父はそう言って、帰ろうとする姉たちを引き留めなかった母を言外に非難した。いや、父にはそんな気持ちは無かったのかも知れないが、少なくとも母はそう受け取ったようだ。

「いいんですよ。あんなに大勢で晩まで浮かされたんじゃあ、こっちだってたまったもんじゃないんだから」

大勢と言ったってたかだか4人だ。僕ら家族とひとりしか違いはなかった。そのことにゆかりも気付いたのか一瞬箸の動きを止めると、思い直したようにあつしの顔を笑顔で覗き込んだ。

「お昼がお寿司で夜がうなぎなんてすごいねぇ……」

あつしはそれには答えずに黙々と箸を動かしている。

「天ぷらあんなに作るんじゃなかったわねぇ。もったいないことした」

母は台所を振り返りながら言った。

ゆかりはそれを聞いて、しまった、という顔をした。お昼御飯のメインは、母の中ではあくまで天ぷらだったのだ。

「少しいただいて帰ろうかしら、天ぷら」

何とか失点を挽回しようとしてゆかりは言葉を重ねた。

「天ぷらは美味しくないわよ、しなっちゃってもう……」

母はゆかりには視線を向けずに、お吸い物を箸でかき混ぜている。ゆかりはちょっと困ったように僕のほうを見た。気にしないほうがいいよ、いつもこんなだから、と僕は目で合図して自分のうなぎに集中した。

「松にして正解。肝吸いつかないのよ、竹より下だと。インスタントのお吸い物」

母はそう言うと音をたててお吸い物をすすった。その音を聞いて父が少し顔をしかめた。全くお前は行儀が悪い、と父は母の食べ方にいつも文句を言っていた。音をたてるなとか、おかずと御飯を同時に口に入れるなとか。母のいないところで父はあんな奴に子供の躾《しつけ》は任せられない、とよく言っていた。母は母で、一緒に食べたほうが美味しいじゃないねぇと、父のいないところでは言っていたけれど。

「ねえ、これ食べられるの？」

あつしがお吸い物の中の肝を気味悪そうに箸で摘まんでゆかりに見せた。

「うん、食べられるけど……」

あつしにはどうかなぁとゆかりは笑いながら首を傾げた。

そのやりとりを聞いていた父が隣のあつしのお椀を覗き込んだ。

「無理しなくてもいいぞ、お爺ちゃん食べちゃおう」

父は自分の箸をチュッと音をたてて舐めると、あつしのお椀の中に遠慮なく突っ込んで肝を摘まみ上げ、口の中に放り込んだ。あつしはそんな父の口元と、箸を入れられた自分の椀を無表情に見比べている。母は自分がせっかく誉めた肝吸いを父に否定されたような気になったのだろう、憮然とした表情を一瞬浮かべた。

「じゃあ代わりにおばあちゃんがうなぎあげようねぇ」

母は笑顔を作って自分のうなぎを一切れ摘まむと、あつしのうなぎの上に重ねて置いた。

「あら、良かったわねぇ」

ゆかりが又笑い掛けた。今度はその様子を見ていた父が不機嫌になった。自分は善意で肝を食べてやったのに、それじゃ俺が孫のを無理に奪ったみたいじゃないか、と。

（またはじまった……）と思いながら、僕はなるべくそのぎくしゃくとしたやりとりからは遠くにいるようにした。昔から目の前のふたりのやりとりはテレビの向こうで展開されているドラマの一場面だと考えるようにしていた。長い間にそういう習慣が身についてしまったのだ。姉のように間に入って茶化したり、冗談を言ったり、かき混ぜたりしてその場を和ませるような芸当は僕には出来なかったから。ゆかりももちろん、そんな風に振る舞う術を当たり前だけれどまだ習得出来てはいなかった。しかし、何とかこの場を和やかな家族の食卓にするべく無駄な奮闘を続けた。

「こんなに御飯食べられないわ」

母はそう呟くとあっという間に僕の器の中に自分の御飯をかき入れてしまった。うなぎがその御飯に半分隠れた。

「ちょっと母さん、上からかけたら……」

僕はうんざりしてそう言ったが途中で諦めた。このくらいの御飯が食べられないわけではなかったけれど、うなぎの上にかけたら不味そうに見えるだろうということにすら、母は頓着しないのだ。

「おなかの中入っちゃえば同じじゃないの」

僕の不満に気付いたのか母は言い訳をした。いや、言い訳というよりはむしろそんな小さなことにこだわっている僕への非難に近かった。僕は仕方なく母の御飯を脇によけて、奥から顔を出したうなぎを口に運んだ。

「こいつはそういうとこ、ほんとうにデリカシー無いんだよ、昔から」

父は、自分がされたかのように憤慨し、箸先で母を指差した。

母は、僕ではなく父に非難されたことにむっとしたようだ。

「デリカシーって。あなたにそんなこと……」

それに続く言葉を飲み込んで、母はその代わりに皮肉っぽく笑ってみせた。ゆかりはふたりの顔を見比べながら、何とか言葉を挟もうとしているようだった。それがわかったのか、父は今度はゆかりに向かって話し掛けた。

「コンサート連れて行ったってね、寝ちゃうんだよ、イビキかいて。いっつも……」

ゆかりはどう反応したらいいのかわからなくて黙って頷いた。

いつの話してんのよ、と母はうなぎを口いっぱいに頬ばりながら呟いた。僕はポケットから携帯を取り出して、明日の電車の乗り継ぎを調べ始めた。お昼には自宅に戻っていたかった。特別用事があったわけではなかったけれど、ぐずぐずしていたら明日の昼もこうやって気まずい食卓を囲むはめになりそうだ。それは何としても避けたかった。

「お隣の部屋、レコード沢山ありましたね」

ゆかりは父に話題をふった。きっと昼間みんなで写真を見ている時に気になって手に取ったのだろう。確かにステレオの脇の棚は古いＬＰレコードで埋まっていた。父は急に嬉しそうに笑った。

「まあ、若い時分に随分集めましたからね……」

何かそのレコードの昔話を語り始めようとして父が作った短い間を、見逃さずに母が割り込んで来た。

「ただの飾りよ。もう今じゃあほとんど聴かないもの。場所ばっかりとって……」

母はうなぎから視線をそらさずに言った。父の笑顔が固まった。

「お医者さまっていうとやっぱりクラシックのイメージが……」

ゆかりは同意を求めるように僕の顔を覗き込んで、ねぇ、と言った。あぁ、と同意とも不同意ともとれるような相槌を打って、僕は面倒臭そうに又携帯の画面に視線を戻した。そんな努力は無駄だということをゆかりにも早くわからせてやりたかった。

「お医者さまって言ったって、ただの町医者ですからねぇ……」

母は吐き捨てるように言い、父のプライドをわざと傷付けた。父に言わせれば町医者のほうが患者と距離が近く、人間と人間の付き合いが出来る医療の本道ということだった。しかし母に言わせるとそれは「出世競争に負けたのよ」という一言で片付けられてしまった。出身の大学病院に残って教授やら部長やらになっていく為には技術だけではもちろん足りず、上司や部下との人付き合い、つまり政治力が必要とされるらしい。父はそれが苦手だった。苦手を克服しようともしなかったのだ。それは本人も承知していたから、母に言われて父は一瞬たじろぎ、そして黙った。

「でも、身内にいてくれると、いざって時に心強いですしね」

ゆかりは何とか父をフォローしようとしている。

「そんなことありませんよ忙しいばっかりで。息子が危篤だって傍にいられなかったんだから」

母は父の顔もゆかりの顔も見ずに、「これあげようねぇ」とキュウリのつけものをあつしの器の中に入れ、やさしく笑いかけた。父がコップから手を離して母に向き直った。

「仕方ないだろう。あの時は食中毒で急患が続いて……」

このやりとりは15年の間、何百回となくふたりの間で交わされて来た、解決の見出しようのない話題だった。

「お前はね、男にとって仕事がどれだけ大切かわからないんだよ……」

父は捨て台詞のように言った。きっと、40年の間、ふたりの間でいさかいがある度に、決まってこの一言で会話は一方的に打ち切られて来たのだろう。

ただし、今から思うとこれを捨て台詞と言ってしまうのは少し可哀想な気もするのだ。父は父でやはり、息子の死に立ち会えなかったことに、父としても医者としても後悔も負い目もあっただろう。そしてそれはとりかえしのつかないものとして彼の中に死ぬまであったに違いないから。それは後年僕が母に対して感じたものよりも、はるかに深く、そして残酷なものだったかも知れない。でもそのことに、この時母も僕も気付いてはいなかった。自分のにしていた。

感情のことで精一杯だったのだ。僕などはむしろ意識的にそこから目をそむけ、見ないよう
「そうでしょうねぇ、働いたことありませんからねぇ私は一度も……」

母はいつも父に言われていたことを先回りして言った。そうしてから最後に、

「今はこの人も働いてないですけどねぇ」

と馬鹿にしたようにつけ加えた。それは残酷なひと言だった。父が仕事を辞めざるを得なくなってからこのかた、この家の中での力関係は、完全に逆転しているように見えた。問題はそれを受け入れられる程には父は老いていなかったし、寛容でもなかったということだ。そして、母には徹底的に優しさが欠如していた。どこでどうこの夫婦は間違ってしまったのだろうか。見合いとはいえお互い納得して結婚したわけだから、もともと相性が悪かったわけでもないだろうに。僕は携帯の画面を見ながらそんなことを考えていた。その時、突然隣から手が伸びて来て僕はその携帯をゆかりに取り上げられた。彼女はあくまで笑顔は崩さないまま、携帯を僕とは反対の畳の上に置いた。僕は叱られた子供のように恥ずかしくなって、ちょっと上目遣いに正面に座っているあつしを見た。あつしは大人たちのやりとりに耳を傾けながらも、あくまで表情は変えずに箸の先でうなぎをつついている。

「他にはどんな曲を聴かれるんですか」

ゆかりは又父に向き直り、強引に話題を音楽に戻そうとした。

「ジャズ……ですかね……」

父も何とかして感情を立て直し、そう思案げに言った。へぇ、とゆかりが大きな相槌を打った。

その相槌に父は少し気を良くしたようだ。

「古いやつですけどね、マイルス・デイビスだとか……。まあビートルズぐらいまでなら何とか聴けるんですけどね。ラップだかサップだか知らんが、最近のやつはもう、ありゃあ音楽じゃあないですよ」

父のその一言に、そうですねぇとゆかりも合わせた。

「カラオケじゃあ、演歌とか唄ってるらしいですけどね、この人も」

母が又水を差した。

「カラオケ？」

意外な一言に僕も顔を上げて母を見た。

父は再び表情を強ばらせると、黙ってビールを口に運んだ。

「島津さんの年賀状に書いてあったのよ。横山さんの『昴』又聴きたいですって」

母は大きな口を開けてうなぎを頬ばった。島津さんというのは父の大学の同級生で、今は千葉のほうで開業医をしているはずだ。きっと同窓会の二次会か何かでカラオケに行き、勧められるままに酔って唄ったのだろう。

「見るなよ勝手に、人のハガキを」

父は悪戯《いたずら》をみつけられた子供のように、ふてくされて言った。

「年賀状なんだから見えちゃうわよ。嫌なら全部封書にしてもらって下さいよ」

母は勝ち誇ったように言うと、ねぇとゆかりに同意を求めた。ゆかりもさすがにどう対処したらいいのか困惑している。

やりこめられている父がちょっと可哀想にも思えたが、日頃居丈高に振る舞っている分、守勢に回っている姿をこうして眺めるのも悪くはなかった。

「演歌ですか……」

僕の言い方にも日頃のうっぷんを晴らすような意地悪さが多少滲んでいたかも知れない。

「『昴』は演歌じゃないよ」

父はむきになって言うと、ゆかりを正面から見つめ、

「演歌じゃないですよ『昴』は」

そう力強く繰り返した。ゆかりもその勢いに気圧《けお》されて大きく頷いた。そんな小さなことはどっちだっていいじゃないかと、僕は思った。母も同じだったのか、父のこだわりには何

の反応も示さず、完全に無視した。あつしは時折視線を上げては、父や母やゆかりの顔を見比べ、器に又視線を戻す。

「おふたりの思い出の曲とかないんですか？」

ゆかりはそれでも何とかこの場を和ませようと必死の努力を続けた。

「そんな洒落たもん」

父は顔の前で手を振って否定した。

「あるわよ、レコード」

その様子を見た母がゆかりに向かって言った。母は口元に微かに笑みを浮かべている。

「何ですか？」

父が照れて隠しているのかと思ったのだろう、ゆかりは興味深そうに身を乗り出した。

「歌謡曲、思い出の。聴く？」

母は返事も待たずに立ち上がり、居間をゆっくりと出て行った。2階への階段を昇って行く足音が聞こえる。ゆかりはようやく自分の仕掛けた話題がひとつ展開したことで安堵感を抱いたようだった。

母がいなくなって急に静かになった。父はようやく重箱の蓋を開けてうなぎを食べ始めた。4人の食べる音だけが六畳の居間に響いている。その沈黙に最初に耐えられなくなったのは父だった。

「あいつ去年、通販で『昭和の歌謡なんとか』って騙されて買ってさ……」

父は母が何をしようとしているのか全く予想がつかず、内心イライラしていた。そしてそのイライラをゆかり達に悟られないために、あえて自分から喋り出したのだ。

「30巻セット。いくらしたんだか……」

「それ俺の部屋にあったよ」

被害者のひとりとして僕はどうしてもここで一言、言葉を挟んでおきたかった。

「聴きゃしないんだ、一度も……」

だろう、という顔をして僕の顔を見ると、父は顔をしかめて天井を見上げた。

母の悪口で、僕と父はこの日初めて頷き合った。

「騙されたわけじゃないですよ、失礼ね、人を呆《ぼ》けたみたいに……」

母は何の前触れもなく急に居間に現れた。どうやら足音を忍ばせながら階段を降りて、襖の陰から僕らの話を聞いていたようだ。こういうところは本当に人が悪い。父は思わず次の一言を飲み込んだ。母は背中に隠すようにして持って来た一枚のレコードを僕の目の前でヒラヒラさせている。

「何？　誰の曲なの？」

母はもったいぶってレコードを又隠すようにした。

「あんた、そこのステレオでさ」

母は階段下の洋間を指差した。

「今？」

うなぎもまだ食べ終ってなかった。しかし、母は僕の前に立ったまま座ろうとしない。面倒だったけれど僕は仕方なく立ち上がり、母からレコードを受け取った。古いシングルレコードだった。指先に触れたビニールの袋がほこりでざらついている。

「針、錆びてんじゃないの？」

「大丈夫、聴けるわよ」

僕の問いを遮って母は言った。


廊下を歩いて洋間の灯をつけ、正面に置かれたプレーヤーの電源を入れた。

「どなたの曲なんですか？」

居間ではゆかりが父に又問い掛けている。

「関係ないよ、俺は」

父はいつもの不機嫌な父にすっかり戻ってしまっていた。

「関係ありますよ。あなたにも」

母はもったいつけた言い回しをしている。

僕はレコードに静かに針を乗せた。家ではもっぱらＣＤだったから何となく緊張した。回り出した黒い円盤を、僕は立ったまましばらく見つめていた。やがて聞き覚えのあるイントロが始まった。

歌詞カードに視線を落としながら僕は居間へ戻った。

「母さん、この曲さ」

そう言い掛けた僕を母は左手を上げて制し、人差し指を立てて（聴きなさい）と合図した。僕は仕方なく黙って座り直した。母は眼を閉じて曲が始まるのを待っている。

街の灯りが　とてもきれいね
ヨコハマ　ブルーライト・ヨコハマ
あなたとふたり　幸せよ

「いつ頃の曲でしたっけ？」

聞き覚えがあったのだろう、メロディに合わせて首を振っていたゆかりが聞いた。

「70年ぐらいかしらねぇ……万博のちょっと前」

母は答えながら、割り箸の袋で紙風船を折り始めた。

いつものように　愛の言葉を
ヨコハマ　ブルーライト・ヨコハマ
私にください　あなたから

「母さん、たまに唄ってたよね、この歌」

僕のその一言を聞いて父の箸が動きを止めた。母は表情ひとつ変えずに折り紙に集中している。そうして、曲のサビのところまでくると小声で一緒に歌い出した。

歩いても歩いても　小舟のように
私はゆれて
ゆれて　あなたの腕の中

父は冷めたうなぎを口の中にかきこんでいる。その様子をみながらあつしがニヤリと笑った。ゆかりは自分が持ち出した話が少なくともこの場を和ませる方向には向かわなかったことは理解したようだった。母だけがひとり、隣室から響いてくる曲に合わせて楽しそうに身体を左右に揺らしていた。

足音だけがついて来るのよ
ヨコハマ　ブルーライト・ヨコハマ
やさしい　くちづけ　もう一度

いしだあゆみが唄う『ブルーライト・ヨコハマ』は僕が小学生の時に流行《はや》った曲だ。子供にはまだよく理解出来ない歌詞だったが、東京とはいっても畑と工場に囲まれゴミゴミした街に暮らしていた僕にとって、ヨコハマという地名は、より洗練された都会の響きを持っていた。母がこの歌を好きだったのかどうか僕は知らない。父との間にこの歌を巡ってどんな思い出があるのかもよくわからない。ただ、何度か母がこの曲を唄っているのを聴いた記憶は確かにある。

「駅までお父さん迎えに行こうか」

母が突然そう言い出したのはもう晩ご飯を食べ終わったあとだったろうか。その頃父は病院の仕事が忙しく毎日残業が続いていて、零時前に帰宅することは滅多に無かった。駅まで迎えに行くなんてしたことがないのにどうしたのだろうと僕は思った。でも小学生の僕にとっては夜に街まで出掛けるのはそれだけで楽しくて、風呂上がりの濡れた髪のまま母の後に追《つ》いて行った。もうほとんどシャッターの降りた商店街を僕たちは歩いた。15分ほどで駅に着いた。東武東上線の上板橋。この駅の改札口で、僕たちは何本か電車を見送った。父から何時に帰ると電話があったわけではなかったから、迎えに行くというのは何かの口実で、ちょっと家を離れたかっただけなのかも知れないと今にして思う。でも当時の僕はそんなことは全く思いつかず、電車から降りてくる父の姿を、母よりも早く見付けようと必死になっていた。一時間くらい二人でそこに立っていたろうか。

「帰ろうか」

母は急にそう言うと、もう歩き出していた。

僕は仕方なく母の背中を追って又歩き出した。帰り道、駅前の商店街で母は「純平たちには内緒だよ」と言ってアイスキャンデーを買ってくれた。

商店街を抜け、同級生の眼鏡屋の角を右に曲がると通い慣れた通学路だ。その道をくぐるように左右に細い川が一本流れている。雨の日はすぐ水かさが上がり、あふれて歩道まで流れ出した。今から考えれば危険だったのだろうが、僕たちはその水があふれて流れる橋の上でランドセルを背負ったまままわざと長靴をばしゃばしゃさせて遊んだ。その橋に差し掛かったところで母はふいに唄い始めた。ブルーライト・ヨコハマだった。特に上手いということはなかったけれど、母のサンダルがコンクリートに当たるカランコロンという響きが伴奏になって、どことなくその歌は哀しく聞こえた。だからだろうか、僕はその時母に何も話し掛けなかった。唄っている母の背中をただ見つめながらいつもより少しだけ離れて歩いた。どんな顔をして母はこの歌を唄っていたのだろうか、と、今になってとても気になる。でも僕の記憶に残っているのはその歌声と、サンダルの音と、母の白いふくらはぎだけなのだ。

音楽の話はそれ以上ふくらまず、夕食の宴はお開きになった。

「お酒を飲んですぐには身体に毒ですよ」

母の忠告を無視して父はさっさと風呂に入ってしまった。一刻も早くこの空間から離れてひとりになりたかったのかも知れない。あつしは縁側でゲームを始めた。これはいつもの食後の日課だ。結局あのあと、肝吸いには一度も口をつけなかった。僕は姉の部屋に寝転んで一服していた。台所での洗いものを終えたゆかりが部屋に戻って来て僕の隣に腰を降ろした。

「さっき、大丈夫聴けるわよって言ったろ、母さん」

僕はさっきから気になっていたことを彼女に打ち明けた。

「あれさ、絶対ひとりの時にかけてるなレコード。それ考えると、なんだかゾッとするね」

父をやりこめて喜んでいるような、さっきの母の表情を思い出しながら僕は言った。

「そんなことないわよ……」

ゆかりからは意外な答えが返って来た。

「それくらい普通でしょ」

「そうかぁ？」

僕は上半身だけ起こしてゆかりの顔を覗き込んだ。

「隠れて聴く曲ぐらい、誰にだってありますよ」

ゆかりは正面を向いたまま言った。ふぅーんと言ってはみたものの、僕は納得出来ずにいた。

「そんなもんかね」

「そうですよ」

ゆかりの言葉は確信に満ちていた。

「じゃあ君にもあるんだ、そういうの」

僕の問い掛けには答えず、ゆかりは静かに笑っている。

「何？　教えてよ」

僕は又身を乗り出した。

「ナ、イ、ショ……」

ゆかりはまだ正面を見たままだ。僕は仕方なく又畳の上に仰向けに寝転んだ。

「怖いなぁ、女は……」

「怖いのよ。人ってみんな……」

ゆかりははじめて僕に視線を移したようだった。きっと僕に隠れて、僕の知らない思い出にひたりながら、彼女は歌を聴いたり唄ったりしているのだろう。別にそのこと自体に嫉妬したわけじゃない。これまで別々の人生を生きてきたのだから、そのくらいのことは受け入れた上で一緒に暮らしているつもりではいた。ただ、そのことをやはりこんなにサラッと言われてしまうと、彼女のほうが人間として一枚も二枚も上手《うわて》に思えたのは事実だ。僕には一生女という生きものは理解できないのかも知れない。

食器を全部洗い終って、母は台所のテーブルでひとりレース編みをしていた。テーブルの上にはさつきが拾って来たサルスベリを活けた水差しが置かれ、その下にも白いレースの花瓶敷が見える。きっと母のお手製なのだろう。僕は母の脇を通ってガス台の換気扇を回し、そこで煙草に火を点けた。

「ナイターやってんじゃない？　こういうの屋根につけたからBSも映るわよ」

母は振り返らずに両手で大きな丸を作ってみせた。父だけでなく母まで未だに僕のことを野球好きだと思っているのだ。

「いいよ、別に……」

僕はわざと素っ気なく言った。

「テレビも最近観るものなくてねぇ。面白くもないのに笑い声だけ賑やかで。あれ足してるんでしょ？　あとで」

「らしいね」

どうでもいいというように相槌を打って、僕はシャツの胸ポケットから取り出した一万円札を母の顔の横に差し出した。

「はい」

編み物の手は休めずに、母がちょっとだけ振り返った。

「何？」

「何か好きなもんでも買ってよ」

あら、と驚いたように僕の顔を見ると、母ははじめて指の動きを止めた。

「息子からお小遣《こづか》いをもらえるなんて嬉しいわぁ……」

母はほんとうに嬉しそうに僕を見上げた。

「いや、ほら、いつも御馳走になってばっかりだからさ」

あんまり母が嬉しそうにしたことに逆に少しうしろめたさが生じて、僕は言い訳のようにそう言った。


母にお小遣いをあげたのは後にも先にもこの時だけだ。それも厳密に言えば僕のお金ではない。情けないことに現金が足りなくて、ゆかりが自分の財布から出してくれたのだ。そんなことはつゆ知らず、母は翌日早速姉に嬉々として電話をし、自慢したらしい。母はその一万円で薄紫のあまり品の良くないジャケットを買った。あんたにもらったお金で買ったのよと次の正月に里帰りした時にわざわざ洋簞笥を開けてみせてくれた。ただその服を母が着ているところを僕は一度も見掛けたことがない。「よそいきだから」と姉には言っていたらしいが、もしかすると僕とどこかに出掛ける時のためにとっておこうと思ったのかも知れない。しかし、そんなチャンスは結局訪れなかった。母が亡くなったあと服を処分することになった。僕はこの薄紫のジャケットをどうしようか最後まで悩んだけれど、結局お棺の中に一緒に入れた。

母は土俵の上で相撲取りが懸賞金をもらう時にするように手刀を切ると、大事そうにお札をポケットにしまった。

「あれ何て言ったっけねぇ……あの中ぺそのお相撲さん……」

真似をして思い出したのだろう、母は夕方の話題をまた蒸し返した。

「まだ考えてんの？」

僕は驚いて言った。

「こういうの放っておくと呆けるんだって……」

レース編みを又始めながら、母は言った。

「若の花」

僕は灰皿を取りに廊下側の食器棚までいったん戻り、当てずっぽうに知っている力士の名前を言ってみた。

「違う」

「北の富士」

銀の灰皿を手に流しへ戻りながら、僕はクイズに答えるように言った。

「それすごい男前の人じゃない。そうじゃなくてもっとこう愛嬌のある……」

母は顔をくしゃくしゃっとさせて見せた。

流しに戻る時にチラッと見えたその顔が面白くて、僕は思わず声に出して笑った。母も肩をすくめるようにしてちょっと笑うと、又編み物に戻った。あつしは縁側に座ってまだゲームをしている。その電子音が台所に微かに聞こえて来る。あのさ、と僕は母の背中に小声で話し掛けた。

「良雄君、そろそろいいんじゃないの？」

母は相変わらず手を動かしている。

「もう呼ぶのやめようよ」

「何で？」

母はとても穏やかに言った。

「何か可哀想じゃない。辛そうだしさ、俺たちに会うのも……」

正直僕はもうあまり彼の卑屈な笑顔は見たくなかった。僕たち家族だって楽しく振る舞うにはかなり無理があった。だったら別にもうこんな儀式は続ける必要もないだろう。

「だから呼んでるんじゃないの……」

母はボソリと言った。僕はその言葉の意味を理解するまで少し時間がかかった。

「10年やそこらで忘れてもらったら困るのよ。あの子のせいで純平は死んだんだから……」

別に良雄君が、と言い掛けた僕の言葉を制して母は言葉を重ねた。

「一緒よ。親にしてみれば一緒。憎む相手がいないだけ余計こっちは辛いんだから。あの子にだって、年に一度くらい辛い思いしてもらってもバチはあたんないでしょう……」

母はさっきと同じリズムで編み棒を動かしている。蛍光灯に照らされたその太い指が、母とは別の生きもののようにどこか不気味に見えた。

「だから、来年も再来年も来てもらうの……」

ついさっき玄関の板間に膝をつきながら見せた笑顔を、僕は全く逆に受け取っていたのだ。

そのことに気付いてゾッとした。

「そんなこと考えながら毎年呼んでたの？」

僕の声は少し震えていたかも知れない。

その後に続けた「ひどいなぁ……」という一言は母への非難というよりは、ため息に近かった。

「ひどくなんかないわよ。普通ですよそれくらい……」

母の言葉は、自分の気持ちを理解しようとしない僕をむしろ非難しているようだった。悲しみが時間とともに発酵して腐り、身内にも共感し難いものに姿を変えてしまったことに、本人は気付いていないのだろう。

「なんだよ、みんなして普通、普通って……」

「あんただって親になればわかるわよ」

「親ですよ俺だって」

僕は少しむきになって言った。

「ほんとうのよ」

そう言った母の背中からは誰も寄せ付けない固い意志が感じられた。ここでも僕は未熟な子供扱いだ。

「何だよそれ……」

僕は煙草の煙を換気扇に向かって吐いた。その時、風呂場の戸が開く音が聞こえた。

「ほら、父さん出たから入っといで」

そう言って僕のほうを振り向いたその時には、母はもういつもの母に戻っていた。ああ、と僕は仕方なく相槌を打った。何故あんなひどいことを言った直後に、風呂の話題を持ち出せるのだろう。母の感情がゆがんでしまった事実よりも、むしろそのことのほうが闇の深さを示しているような気がした。

「そうだ、王子も一緒に入ったら？」

「王子？」

それがあつしのことだというのはすぐにわかった。

「ねぇ、そうしなさいよ。せっかくお風呂広いんだから」

母は立ち上がると「ゆかりさぁん」と廊下に向かって大きな声を出した。

はぁい、と少し間を置いてゆかりの声が聞こえた。

「いつもは別々なんだけどなぁ……」

僕はちょっと不安になって頭を掻いた。小さい頃から一緒に入っているのならまだしも、十歳を超えてから初めて一緒に風呂に入るのはお互いに少々ためらいがあった。銭湯のような場所なら多分抵抗も少なかったと思うけれど、家の風呂は逃げ場がない。

「全くこんな日ぐらい息子先に入れたらいいのに。一日中ボーッとしてるんだから、何も毎日お風呂入ることないのよ。お湯がもったいないったらありゃしない……」

椅子から立ち上がった母は、コップを食器棚から出したり、父が飲むのだろう、薬を引き出しから取り出したりしながらその父の悪口を呟いている。

そこに、何でしょうお母さん、とゆかりがやって来た。

「あつし君、お風呂入れちゃいなさいよ、良多と一緒に」

僕がためらっている間に事態は母のペースでどんどん進んで行く。

はい……と呟いたゆかりは気持ちを察したように僕の顔を見て目を大きく見開いた。

「いつもは別々なんだよな……」

僕はその眼にすがるように言った。

「あんたのねまき、あとで出しとくから」

母は手の甲でポンと僕の腰のあたりを叩くと、和室へ向かった。

「いいよ、今日Tシャツ持って来たから」

「着なさいよ、せっかく買って来たんだから」

母は和室の箪笥を開けてもう準備を始めたようだ。

「どこで？」

僕の問い掛けには答えずに、母は短く笑った。僕は少し心配になって、母を追って和室へ向かった。

「どうせ駅前のバザールだろ。ちょっと見せてよ」

僕がひとり暮らしをしていた時も、たまに里帰りをすると、パステルカラーのトレーナーだとか、おやじが着るようなダイヤの柄のカーディガンだとかが用意されていることがあった。それはさすがに母親ならではの機能的なものだったけれど、わざとなのかと思うくらいセンスは悪かった。そういう買物を母はほとんど駅前のバザールというスーパーの二階の衣料品売り場で済ませるのだ。せめて横浜まで出てくれればいいのに。

「見せる見せる……」

僕が不安になっているのを母は面白がっている。

どれよ、と引き出しを覗き込んだ僕に、

「好きでしょ、この色」

と言って母が取り出して見せたのは鮮やかな水色のタオル地のパジャマだった。

僕は思わずのけぞって、うわっと声を出してしまった。

僕のその声を聞くと母は、

「でも汗吸い取るのよ、これ」

と、パジャマの胸のあたりを手のひらで撫でている。僕は母を傷つけずに何とかこれを着ない手だてはないものかと、台所に残っているゆかりを見た。僕らのやりとりを優しく微笑んで見ていたゆかりは縁側に視線を移し、

「あつし、お風呂入っちゃおうか」

と、笑い掛けた。

「湯船狭いんだよな。入れるかなぁふたりで……」

ゆかりの背中を見降ろしながら僕は呟いた。彼女は畳の上に座って、持って来たバッグから着替えのパジャマを取り出している。僕は姉の部屋の戸口に立って、まだ一緒に風呂に入る覚悟が出来ずにいた。はい、と言ってゆかりは振り返らずに着替えを畳の上にすべらせた。しゃがんでそれを受け取り、僕は仕方なく部屋を出た。あつしは一足先に風呂場に向かっているはずだ。渡された着替えを確認するとあつしの分しかない。僕は部屋へ戻った。

「あれ？　Tシャツは？　俺の」

「だって……お母さんのパジャマあるんでしょ」

ゆかりは振り返らない。バッグの中から取り出したタオルや化粧道具やらを整理しているようだ。

「いいよ、別に着なくたって……」

むしろ、積極的に着たくない。

「着なさいよ。わざわざ息子の為に買ったんでしょうから」

ゆかりの言葉にはいつになく棘《とげ》があった。

「あれ？　何か怒ってんの？」

ゆかりは背を向けたまま動かない。母親の息子への愛情に嫁が嫉妬するという話はテレビのワイドショーなどではよく見掛けるが、まさか自分を巡って起きるとは考えもしなかった。

いつも理性的でどこか浮世離れしているゆかりが、そんな人並みな反応を示したことに僕は半ば驚き、ちょっと嬉しくもあった。

「いつも帰った時はそうなんだよ。まだ世話焼きたいんだろ、俺の」

僕は近付いてゆかりの肩に手をかけようとした。

「そんなことじゃないわよ」

ゆかりははっきりと言葉に怒気を込めた。

その勢いに気圧されて僕は立ち止まった。

「じゃあ何よ」

「どうせパジャマ買うんならあつしのも一緒に用意してくれたって……」

シャツを畳みながらゆかりは言った。

「今日もずっとあつしのことだけ君付けだし……」

確かに母は睦やさつきは呼び捨てだったが、あつしだけはあつし君と丁寧な呼び方をしていた。しかし、それはまだ数回しか会ったことが無い遠慮から来ているのではないか。

「考え過ぎだよ。そこまで気が回らなかっただけだろ？」

ゆかりは納得していないようだった。

「だって、歯ブラシはあったよ……3本」

僕は脱衣所を指差した。

そうか、母親というのはこういうところに心の針が振れるのかと僕は正直勉強になった。そして、彼女が腹を立てたのが僕のことではなく、あつしだったことにちょっとがっかりもした。

「くれよ……Tシャツ」

もう一度僕は言った。

こうなるとゆかりは頑固だった。

なぁ……と懇願するように言ってはみたが、無理なのは僕が一番わかっていた。

そこに、ゆかりさぁん、と和室から母の声が又響いた。今度来た時に自分の着物をあげるのだと言っていたからきっとその話だろう。

ゆかりは振り返ってはぁいと返事をすると、バッグのファスナーを閉めて立ち上がった。

僕の脇を顔を見ずにすり抜け、小走りに和室へ向かった。僕は目の前に置かれたバッグの中から自分のTシャツを取り出そうかどうしようか悩んだ挙げ句、やめた。

洗面所の扉を開けると、あつしが服を脱いでいた。おうっと軽く目で合図を送って僕は鏡に映った髪を意味もなく直してみたりした。

パンツを脱いだあつしが風呂場の入口に置かれていた体重計に飛び乗った。

「何キロ？」

僕が鏡の中のあつしに言うと、

「内緒」

と言って風呂場の戸を開けた。

「ほら、持ってけ」

僕はさっきゆかりが渡してくれたタオルを手渡した。洗面所の脇には父が使ったのだろう手ぬぐいが丸めたまま置かれている。

「広げて干してくれないと臭くなるんだからさ」

いつも母に小言を言われていたのに未だに直らないようだ。僕は靴下を脱いで、あつしと同じように体重計に乗ってみた。母に勧められるままに昼も夜もたっぷり食べたから、少し太ったかも知れない。覗き込んだ針の揺れがおさまる前に突然扉が開いて父が入って来た。僕は驚いて体重計から飛び降りた。父も、僕がまだそこにいたことに驚いたようだった。ただそんなことはおくびにも出さず、忘れていった手ぬぐいを洗面所で絞っている。僕もそんな父を無視して、背中を向けたまま服を脱ぎ始めた。

「仕事うまくないのか？」

突然父が言った。僕はわざと顔をそむけた。失業中だということを悟られるようなへまは今日一日しなかったつもりだ。たまに電話に出てもいつも仕事の話しかしなかったから、きっと他に話題がないだけなのだろう。

「別に」

僕は極力冷静を装って言った。

そして、何で？　と聞き返した。

「いや。ならいい……」

父はそれだけ言うと案の定黙ってしまった。

「心配いらないよ。もう昔と違うんだからさ」

確かに30歳を過ぎるまで定職につかずに気楽に過ごし、随分お金のことで迷惑をかけたのは事実だ。けれどいつまでもその頼りないイメージのまま見られるのは不愉快だった。

父は黙ったまま手ぬぐいを持って洗面所を出て行った。そして、すぐに又扉の前に戻って来た。

「おまえ……」

父のその呼びかけに僕はズボンを脱ぐ手を止めて振り向いた。

「たまには電話して、母さんに声だけでも聞かせてやれよ」

父がこんなことを言い出すのは珍しかった。僕は思わず顔を覗き込んだ。父の眼には、いつもの威厳とは違ってどことなく戸惑いや怯《おび》えのようなものが宿ってみえた。

「掛けると延々聞かされるんだよな……愚痴を」

話したいことがあるから電話頂戴という留守電が入っていて、心配して掛け直すと、だらだらと近所の悪口やら昔話を30分も話されるのはたまったものではなかった。

「そのくらい我慢して聞いてやれよ」

父は腹を立てたように言った。その身勝手さにさすがに僕もムッとした。

「それは俺の役目じゃないでしょう」

痛い所をつかれたのか、父は黙った。

「たのむからさぁ、ふたりでどうにかしてくれよ。俺を巻き込まないでさ……」

僕は僕の正直な気持ちを語った。息子だからといって夫婦で解決するべき問題に首を突っ込むほどお人好しでもないし、暇でもないのだから。僕は僕の人生のことで精一杯だった。

父は納得したのか黙ったまま戻ろうとした。

「どうでもいいけど……」

去っていく父の背中に今度は僕が話し掛けた。父は又戻って来た。

「トウモロコシの話。あれ言ったの兄さんじゃなくて俺だからね……」

僕は昼の話題を蒸し返して言った。

「そうだったか？」

父が怪訝そうな顔をしたので余計腹が立った。

「そうだよ」

僕は怒ったように言った。

「どっちだっていいじゃないか、そんなちっちゃなこと」

しばらく考えていた父は、そう吐き捨てた。

確かに小さいことに違いはないけれど、言った当人にしてみれば釈然としないのが当たり前だ。お互いに憮然としたまま、僕たちはしばらく黙って向き合っていた。

「良ちゃん熱くて入れない」

その時、風呂場からあつしの声が聞こえて来た。

さっきから水道の蛇口をひねったり、湯船のお湯をかき出したりしていたがうまくいかなかったようだ。

「うん、今行くよ」

僕はわざと優しい声を出して、Tシャツを脱ぎ始めた。それはもう向こうへ行ってくれという父への意思表示のつもりだった。

「どっちだっていいけどね。そんなこと。もう……」

吐き捨てるように、僕も言った。

父は扉を勢いよく閉めるとドシドシと重い足音をさせながら今度こそ廊下を戻って行った。

僕とあつしは並んで湯につかった。僕たちの肩と肩はどうやっても湯の中でぶつかった。話すことはなかった。僕は天井を見上げたり、窓を開けたり閉めたり、タオルで顔をふいたり、落ちつかなかった。逆にあつしはさっきからじっと自分の手のひらを見つめ、指先でこすっている。

「棘でもささったか？」

僕は心配になって手元を覗き込んだ。

「こうやってホクロを握れたらお金持ちになれるって……」

確かにあつしの右手の親指の付け根のあたりには、小さいホクロがある。指を曲げると中指と薬指の先がほんの少しだけそのホクロに触れた。

「お婆ちゃん？」

僕は聞いてみた。

うん、とあつしは頷いた。

「ほら、これ」

僕もあつしに自分の右手のホクロを見せた。

「俺もね、お婆ちゃんに言われて、いつもこうやって無理して握ってた」

あつしはチラッと僕の手を見た。

「あんまり効かなかったけどね」

僕たちは並んでお互いに自分の手のひらとにらめっこをした。

「良ちゃんはなんでお医者さんになりたかったの？」

あつしが急に聞いた。きっと昼間姉が読みあげた僕の作文を覚えていたのだろう。

「昔だよ……」

僕はちょっと照れ臭くなって言った。

あつしは自分の手のひらを見つめたままだ。

そうだ。確かにあつしと同じ歳の頃、僕も父と一緒にこの湯船につかりながら、父さんはなんでお医者さんになりたかったのと、聞いたような気がする。僕の小さな細い肩に触れる父の肩は固く大きかった。僕はそんな父に憧れた。そして父と一緒にいられる時間があまりないことが寂しかった。だから医者になれば、ずっと父と一緒にいられると僕は思ったのだ。

今、そのことをはっきりと思い出した。

「ずうっと昔ね……」

僕はため息と一緒にもう一度言った。

風呂場を出たあつしはそのまま体重計に飛び乗った。前髪から水滴がポタポタと床の上に落ちる。

「ほら、頭ふかないと風邪ひくぞ」

僕はあつしの頭からバスタオルをかぶせゴシゴシとこすった。タオルは彼の上半身をすっぽりと覆った。タオルごしに触れる彼の肩や背中は華奢《きゃしゃ》で、力を入れて握ったら壊れてしまいそうな気がした。

僕はあつしの頭をポンポンと軽く叩き、彼から離れた。

母の用意したパジャマはタオル地で確かに汗はいくらでも吸いそうだったけれど、40過ぎの男が着るにはあまりに可愛すぎた。鏡に自分の姿を映してみたら、どう見ても間の抜けたドラえもんにしか見えない。

あつしもそんな僕の様子を見て笑いをこらえている。

「普通……だろ」

僕はわざとあつしの口癖を真似てみた。

彼はどうかなぁというように大きく首を傾げた。だよな、と言って僕は笑った。気がつくとあつしも一緒に笑っていた。

その時、居間のほうから、あらあらという驚きとも戸惑いとも違う母の声が聞こえて来た。何だろうと僕たちふたりは顔を見合わせ、もう一度耳を澄ませた。

廊下を歩いて行った先に僕が目にしたのはヨタヨタと部屋の中を歩き回っている母の姿だった。一瞬何が起きたのか僕にはわからなかった。

「迷い込んだらしくて」

部屋の隅に心配そうに立ち尽くしていたゆかりが僕を見て言った。

ゆかりの視線の先を辿ると、そこには昼間墓地で見掛けたような紋黄蝶が飛んでいた。母はその蝶に向かって両手を伸ばしながら部屋の中を行ったり来たりしている。蝶は母から逃れようと天井の隅を右に左に飛び回っていた。

「追いて来たのね、お墓から……」

母の眼はどこか哀しげで、それでいて異様に輝き、僕らには見えないものを見ているのではないかと思えるほどだった。僕は一刻も早くこの不自然な時間を終りにしたくて、縁側へ向かい、中庭に面した窓を開けた。

「開けないで。純平かも知れないから……」

母は鋭い口調で言った。

「ちょっと……母さん……」

僕は呆れて絶句した。

「純平……」

母はそう呟きながら又蝶を追い始めた。その真剣な姿に気圧されて、僕は開きかけた窓を思わず閉めてしまった。パジャマに着替えたあつしが風呂場からやって来て、そんな母の様子を廊下から見ている。騒ぎに気付いて診察室から父もやって来た。

母のうろたえた姿を見て、父は心配するよりは不機嫌になった。

「早く外に出せよ」

父は僕に向かって手に持った新聞を払うようにしてみせた。僕はどうすることも出来ず、窓の前に立ち尽くしていた。その眼の前を母は蝶を追って通り過ぎた。

「よさないか、みっともない」

父は廊下に立ったまま冷たく言った。

「母さん落ちついて……」

僕の呼び掛けに、だって……と言いながら母は蝶から眼を離そうとしない。部屋の隅を動き回っていた蝶は母の伸ばした指の先をふわりとすりぬけると軌道を変え、居間につり下げられた蛍光灯の下を横切った。その瞬間、羽根の黄色い色が鮮やかに光った。そうして蝶は、フラフラと卓袱台の上を渡り切ると、仏壇の前に置かれた兄の写真立ての縁に、ゆっくりと羽根を休めるように止まった。僕は奇蹟を目《ま》のあたりにしたような不思議な感情に襲われた。

「ほら……やっぱり純平よ」

母が小声で囁いた。ほんの一瞬ではあったけれど、ここに居合わせた僕たち5人は、みな母と同じ感情に包まれたのだと思う。

「まさか、そんな……」

父はそう言ったが、その言葉の語尾は力無く消えていった。

「純平……」

母は又そう呼び掛けると、一歩ずつ仏壇に近付いて行く。僕も父も母を止める為にではなく、何かを見極めようとして蝶に近寄った。蝶は呼吸を整えるようにその黄色い羽根を微かに上下に動かしている。僕はゆっくりと右手を蝶に向かって伸ばした。

「そっとな……そっと……」

父が心配そうに言う。羽根を両側から指で挟んでも蝶は暴れたりはしなかった。ただ持ち上げようとする僕の動きに抵抗するように、その細い脚で写真立ての木枠を思いがけない力強さでつかんだ。ゆっくりと、傷つけないように蝶の脚をはがし、周りに集まって僕の手の中を覗き込んでいたみんなに、ほら、と言って蝶を見せた。

「チョウチョだよ、ただのチョウチョ……」

それでも母はまだ信じられないというように、じっと僕の手の中を見て動かない。

「そうだな。ただの蝶だな」

同じように固まっていた父は、僕の一言に我に返ると、輪から離れて台所へ行ってしまった。父と入れ替わりに近付いて来たあつしが恐る恐る手の中を覗き込んだ。

「逃がすよ」

母に念を押して僕は縁側に向かった。それでこの夜の事件は終りにしたかった。僕のうしろから母とあつしとゆかりが追いて来た。窓を開け、僕は蝶を庭に放した。家の中にいた時と同じように蝶はしばらくゆらゆらと彷徨《さまよ》っていたが、やがて闇の向こうに姿を消した。

「おばあさんの七回忌の時も、夜なのに蝶が飛んで来て……」

母は額に手を当てて目をつぶり、ブツブツと呟いている。その姿は今にも倒れてしまいそうに頼りなかった。

「母さんお風呂入っちゃったら？」

僕はわざと明るく言った。

ゆっくりと目を開けた母は、はじめて僕の顔を正面から見た。

「うん……そうしようかね」

母はヨタヨタと隣の和室に向かった。そこには着物が部屋いっぱいにいくつも広げられている。きっとさっきまでどれをプレゼントしようかゆかりとふたりで話していたのだろう。母はペタンと畳に腰を降ろすと、その着物を膝元まで引き寄せてたたみ始めた。

その時内玄関の電話のベルがけたたましく鳴った。父は台所の椅子に座って新聞を広げたまま動こうとしない。仕方なく僕が受話器をとった。電話はお向かいの岡さんの息子からだった。母の具合が悪いのだと言う。今年80歳になったふささんは父とは古くからの知り合いで、身体の具合が悪くなるといつも相談に来ていた。父が診察を止めてもう3年は経っていたが、ふささんがどうしても父に診てほしいと言っているのだそうだ。

「お向かいのお婆ちゃん具合悪いんだって」

僕は受話器を手で押さえながら台所の父に向かって言った。一瞬の間があったあと、父は新聞をテーブルの上に置き、廊下をこちらへ歩いて来た。

「回してくれ」

僕の脇を通り過ぎる時に診察室を指差すと父はミシミシと音をたてながら歩いて行った。

「また心臓かな……ジギタリスは飲んでたはずなんだがな……」

ひとり言のような呟きが、誰もいない暗い玄関に響いた。

内線の転送ボタンを押して僕は受話器を置いた。母はようやく着替えを持って風呂場へ向かったようだ。あつしは縁側に立ったまままみえなくなった蝶をまだ捜している。ゆかりが心配そうに僕を見ていた。何でもないよ、と言うように僕はちょっと笑った。

様子を窺いに待合室まで近付くと、診察室から父の声が聞こえて来た。

「じゃあ救急車呼んで……私はもう……そうしてやりたいんだけどね……ちょっと……」

父の影が扉の窓越しにぼんやりと見える。

「すみませんね、力になれなくて……」

父は最後にそう言うと静かに受話器を置いた。

チーンという音が待合室にまで響いて来た。

父は立ったまましばらくの間動こうとしなかった。僕も身動きが出来ず、しばらく待合室に立ち尽くしていた。

向かいの家の前に救急車が停まると周りにはすぐに人だかりが出来た。しばらくして玄関から担架に乗せられてふささんが表に出て来た。その様子を腕を組んで遠まきに見ていた父は、救急車の脇まで近付いて彼女の顔を心配そうに覗き込んだ。息が苦しいのか酸素マスクをつけていて表情はよくわからない。

「脈は？　いくつあるんだ？」
父は救急隊員に向かって聞いた。
「すみません、危ないんでちょっと離れて下さい」
隊員は父の声が聞こえなかったのか、素っ気なく言った。若いその男は父が医者だという
ことにも気付いていないようだった。ただの野次馬だと思われた父は冷静さを失った。
「いや、違うんだよ、私はね……そこの」
担架を車に乗せるのに忙しく動き回っている隊員に向かって、父は自分の家を振り返って
指を差した。そんな父の行為とは無関係に、事態は着々と進んで行く。隊員は救急車の後ろ
のドアを開き、担架をすべらせて車内へ運び入れた。車の周りをオロオロするだけの父の背
中を、僕は玄関先でじっと見つめていた。こんな痛々しい父を見るのは初めてだった。
救急車は父を残し、サイレンを鳴らさずに発進して行った。父は通りに出て名残惜しそう
にその車を見送っている。これでまたひとり、父のことを「先生」と呼ぶ人間が減ったんだ
な……と僕はちょっと感傷的になった。野次馬は三々五々散って行った。住宅街を抜けたの
か、しばらくするとサイレンが聞こえて来た。
「さあ、寝るかな……」
自分ひとり残されたことにようやく気付いた父は、誰にともなく言うと、僕のいる玄関先

へ戻って来た。僕は何か言葉を掛けたくて自分から父に一歩近付いた。それに気付いた父はチラと僕を見ると、憐れみを拒否するかのように目をそらして笑った。

「そんなパジャマで表出るなよ、みっともない……」

そう一言だけ悪態を吐くと、父はそそくさと家の中へ戻ってしまった。サイレンはまだ遠くで鳴っている。サンダルの中の足がひんやりと冷たかった。

家へ入って、僕は今度は風呂場へ向かった。洗面所の扉を開けて鏡の前に立った。そこで歯をみがくふりをして中の様子を窺った。風呂場はしんと静まり返っている。母さん、大丈夫？　と声を掛けようとした時、先に母の声がこちらに響いて来た。

「タイル直すって言ったのに……食べて寝たら帰っちゃったわねぇ、信夫さん……」

母は水道の蛇口をひねって入れ歯を洗い始めたようだ。

「あの人いっつもそうなんだから……口ばっかり……」

いつもの毒舌が戻ったことで僕は少しホッとした。その存在をガラス越しに感じながら、僕は母が用意してくれた歯ブラシで歯をみがき始めた。

この日に起きた小さな、事件とも呼べないような出来事を今も僕が鮮明に覚えているのは、きっと父や母がいつまでも昔のままではないのだという当たり前のことに最初に気付いた日だったからだろう。親の老いというものを目のあたりにしたにもかかわらず、それでも僕は結局何もしなかった。オロオロするふたりを同じようにオロオロと遠くから見ていただけだった。翌日にはそんな事件があったことさえすっかり忘れ、いつものようにふたりの存在に鬱陶しさを感じていた。そして僕の、彼らとは関係ない日常の中にすぐに戻ってしまったのだ。親が老いることは仕方がない。死ぬことも多分仕方のないことなのだろう。ただ、そのことに全く関与出来なかったことが、ずっと棘のようにのどの奥に刺さったままになっている。

最初に倒れてから一年後に、母は二度目の脳出血を起こした。痴呆が進んだとはいうものの一時はベッドに座って口から食事を摂るまでに快復し、リハビリという声が病院の側から出るところまで行った。顔を拭きに来た看護師に向かって「痛いわよ」とか「あんた下手ねぇ」などと母らしい毒舌を吐いて笑わせ、結構病棟では人気者だった。それだけに、知らせを受けた時はさすがにショックだった。どうしますか？　このままだと、もって4、5日だと思いますが、手術なさいますか？　主治医に問われた僕は迷うことなくお願いしますと頭を下げた。まだ死んでもらっては困る。もう少し立派になった自分を見てもらいたい。僕はそう思った。ではお母様の人格がどの程度残るかわかりませんが頑張ります、と主治医は笑顔を見せてくれた。

手術は成功した。もう口も利けず、目も見えていないようだったが、耳元で話し掛ければ頷いたり、首を振ったりは出来た。しかしそのあとの半年は母が一歩ずつ死へ近付いて行くのを、それこそオロオロと傍らで見ているだけの日々だった。最初の救急病院から転院した次の病院では、母はもう人間としては扱われなかった。医師や看護師は一度も彼女の名前を呼ぶこともなく、話し掛けもしなかった。母が笑ったり、話しているところを見たことも無いのだから仕方ないのだけれど。そうは言ってもお見舞いに行って、モノのように扱われる母を見るのは辛かった。それでも僕は半ば意地になって病院へ通った。それは父の忠告を無視して犯したミスを、何とか取り返したいという気持ちと、ミスを犯した自分への罰として行っていたところがあったのではないかと思う。

転院してしばらくすると母は自分の力では呼吸が出来なくなった。もう奇蹟は起きないのだということは身内にもはっきりとわかった。それでも僕は諦められなかった。

「人工呼吸器をつけて下さい」

僕は言った。

「つけるんですか？」

医師は驚いて僕を見た。

「もう充分頑張られたと思いますけどねぇ」

僕も驚いて医師を見た。医師はいかにも面倒臭いという表情をしていた。一旦つけたらそう簡単にははずせなくなる。母のように何種類もの薬が必要な患者を病院としては出来るだけ抱えたくなかったのだ。なぜならひとつのベッドで診療報酬を請求出来る額は決められていたから。それなら出来るだけお金のかからない患者のほうが病院の利益になるのだ。

「銀行の不良債権みたいなもんなんだよね。いるだけ赤字になるんだ」

知り合いの医師は僕にそう教えてくれた。それでも僕は家族の希望を優先させてもらった。

暫くして僕は今度は婦長に呼ばれた。ナースセンターで僕はそれまでほとんど話したことの無い50過ぎの婦長と向き合って座った。あくまで人工呼吸器を希望した僕を窘《たしな》めるように彼女は言った。

「これ以上の延命はお母様も望まれないと思いますよ」

彼女は何とか僕を説得しようとした。

「それはご家族のエゴだと思いますけど」

そう言われて僕は、目の前の女の顔を思いきり殴ってやりたい衝動にかられた。お前に何がわかる。僕は拳を握りしめながら心の中で叫んだ。お前は母の名前を今ここで言えるのか？　一度も枕元で話し掛けたこともないくせに、なぜ母が延命を望まないなどと断言できる。つい先日僕が耳元で「頑張れる？」と聞いたら母は二、三度大きく頷いた。「痛くない？」と聞いたら（うん）と首を縦に振ってくれた。そんなことをお前は知らないだろう。知ろうともしなかったじゃないか。そう言おうとして、僕は結局言わなかった。

「お願いします」

そう一言だけ言って深々と頭を下げた。なぜならそう罵ることで、母が今よりも冷たく、今よりもモノとして扱われるのではないかという不安が首をもたげたから。そしてもうひとつの理由は、彼女が言ったエゴという言葉を、僕は否定出来なかったからだった。今死なれたら困るというのは、確かに僕のエゴ以外の何ものでもなかった。

そんな僕のエゴに引きずられるように母はその後3ヶ月生きた。その3ヶ月間にゆかりが赤ん坊を産んだ。女の子だった。僕が父になったことを恐らく母はもうわからなかっただろうと思う。抱いてもらうこともちろん出来る状態ではなかった。だからその3ヶ月が母にとって、そして僕にとってどんな意味があったのか。今でもわからない。あの医者や看護師が言ったように、ただ苦しみを少しだけ長引かせただけだったのかも知れない。

最近よく考えるのは、父が生きていたらどうしただろうということだ。医師としての父はどんな判断をしただろう。夫としてはどんな感情を持っただろう。そして、兄が生きていたらどうだっただろう。やはり僕の判断を非難しただろうか。叶うことのない問い掛けを僕は今でもたまにしてみる。

気がつくと僕は2階の自分の部屋にいた。長い一日が終ってひとりになりたかったのかも知れない。僕はパジャマを着たまま勉強机の前に座った。今では小さくなってしまった回転式の椅子がギシギシと音をたてた。机の上には昼間僕が放った作文が丸まったまま、そこにあった。手にとって広げてみた。無理に引っ張ったからか左上の角が少し破れている。多分西瓜だろう、赤っぽい染みもところどころについていた。作文の上には絵が描かれている。それは白衣を着て、革の鞄を提げた父と、兄、そして聴診器を首からぶら下げて、大きな口を開けて笑っている小学生の僕だった。のどちんこまで見せているその笑顔は本当に楽しそうだった。僕は引き出しを開けて中を探った。使い古したシャープペンシルやキーホルダーの奥にセロテープを見付けた。何とか使えそうだ。僕は作文を裏返して破れたところにセロテープを丁寧に貼った。これがこの日僕がした唯一の修復行為だった。それ以外のことは、何もしなかった。

僕は静かに階段を降りた。内玄関脇の姉の部屋からはゆかりとあつしのじゃれ合う笑い声が聞こえて来る。幸せそうな声だ。僕はすぐにそこへは向かわずに、灯の消えた台所へ入った。廊下の奥の和室からは話し声は聞こえて来なかった。もうふたりとも寝てしまったのかも知れない。食器棚からコップを出して水を一杯飲んだ。台所のテーブルの上にはサルスベリの花が闇の中にピンク色の花を輝かせている。

昔、まだここに越して来てすぐの頃、僕は兄と姉と3人で連れ立って探検に行ったことがあった。近所の公園や学校の場所を確認したり、犬小屋を覗いたり、探検はいつまでも続いた。中学校の裏手に大きな屋敷があって門の脇からサルスベリの枝がしなり、花が道に垂れ下がっていた。

「父さんが庭に植えたやつだ」

兄が言った。

「来年には咲くかな」

姉が言った。

「バカ。そんなに早く咲くわけないだろ」

花が咲くまでには十年はかかるよと兄は言った。兄が花に触って匂いを嗅いだ。姉も背伸びをして指先で花に触れた。僕も背伸びをして枝に手を伸ばしたけれど、届かなかった。

「ほら」

兄が枝をつまんで下げてくれた。

「いい」

子供扱いされた気がして僕は断った。

そして助走をつけて思いきり花に向かってジャンプした。確かに花に触れた手ごたえを感じて僕は地面に着地した。気がつくと僕はサルスベリの一枝をしっかりと自分の手に握っていた。

「知らないぞ」

「怒られるわよ」

兄と姉は口々にそう言って走り出した。僕もその屋敷から人が出て来るような不安に襲われて、ふたりの背中を必死で追った。家に辿り着いた時にはもうあたりは暗くなっていた。

「そんなもん捨てちゃえよ」

玄関で兄がそう言ったけれど僕は首を振って断った。証拠を捨てて誰かに発見されるのが怖かったこともあったけれど、そのサルスベリの花があまりに鮮やかで美しく、捨てられなくなってしまったのだ。僕は内心ドキドキしながら握りしめたピンクの花を台所にいた母に差し出した。

「折ったんじゃないでしょうね」

キレイねぇと言ったあとで母は僕の顔を覗き込んで言った。兄も姉も知らん顔をして冷蔵庫の麦茶を飲んでいる。

「拾ったんだよ」

僕は母の顔は見ずにそう言ってふたりに加わった。

翌朝サルスベリは仏壇に供えられていた。しばらくの間僕はそのサルスベリを見る度に、何だか仏様に罪を咎《とが》められているような気がして落ち着かなかった。

それから30年が過ぎた。今も眼の前のサルスベリの花はあの時と同じように鮮やかで美しい。その美しさだけが30年前と変わらない。それ以外のものは、もう、ほとんど跡形も無く変わってしまった。

翌朝、僕はあつしと父と3人で海辺まで散歩に出掛けた。ゆかりも誘ったのだけれど母と一緒に朝食の後片付けをするのだと、やんわり断られた。彼女はちょっとだけ意地悪そうにニヤリと笑って、

「行ってらっしゃい」

と子供を諭すように僕の目を見て言った。

玄関で靴を履いている時に、母が台所から顔を出した。

「海入らないのよ」

あつしは扉の脇に立ったまま、はぁいと明るく返事をした。表へ出ると昨日救急車が停まっていたあたりに父がポツンと立っていた。向かいの家の玄関先で咲いているひまわりの花を見つめている。

「海行く？」

走り寄ったあつしが父の脇に並んで顔を見上げた。母との約束を守る気は全く無いらしい。

「あぁ、行こう行こう」

父はふいに現実に引き戻されたようにあつしの顔を見ると、ニコリと笑って歩き出した。

走っては立ち止まり、振り返る。そんなあつしに向かって僕は手を振ったり、笑い掛けたりすることは出来なかった。それでも楽しさが伝わる程度には足取り軽く、空を見上げたり深呼吸をしたりしながら歩いた。

3人は少しずつ前後にばらけながら、緑のトンネルになっている階段に差し掛かった。あつしは一段抜かしで駆け降りては立ち止まり、道端の葉っぱを裏返したり、溝に落ちた石ころを棒でつついたりして僕たちを待った。急な下りになったところで父の歩みが極端に遅くなったのがわかった。耳を澄ますと荒い息づかいが聞こえる。僕は気遣いや労りが悟られないように、日差しを見上げるふりをして父を振り返った。父は空を見上げる余裕など全くなく、額にうっすらと汗まで浮かべながら必死で自分の足元を見ていた。

僕は立ち止まり、咄嗟にポケットから携帯を取り出した。着信があったふりをして脇へ寄り、留守番電話を確認した。そのすきに父がゆっくりと僕を追い越していった。父はあつしに置いて行かれまいと、それでいて必死なことは悟られまいとしていた。それが余計に痛々しかった。僕は静かに又携帯をポケットにしまうと父の背中を見ながら決して追いつかないように歩き始めた。

休日の朝だというのにバス通りはもう渋滞が起きそうだった。確かに海で泳ぐには今日がラストチャンスかも知れない。

大型のトラックが何台も連なって走っていくのをやり過ごすと、その広い国道の向こうに灰色の海が広がった。海は、荒れているようだった。

僕たちが辿り着いたのがわかると、あつしは振り返って歩道橋を上り始めた。

父は、ちょっとためらったようだ。その先に見える海は兄が溺れた海だったから。それでもあつしに引っ張られるように、彼も階段を上り始めた。砂浜に降り立ったあつしは一瞬僕らのほうを見ると、一気に波打ち際まで走って行った。

「転ぶなよ」

僕はその背中に声を掛けた。

「大丈夫」

あつしは海を向いたまま言った。

そんなやりとりが何となく父親らしい気がして、僕は自分で少し照れた。

波は思った通り高かった。ここは遊泳禁止区域なので、釣り人が何人かいるだけで、夏でもあまり人が来ない。空の雲が猛スピードで山のほうへ流れて行く。父は杖を両手で支えるようにして海に向かって仁王立ちしている。僕は後ろからゆっくり近付き、父の隣にしゃがみ、並んで海を見た。何か話そうと思ったけれど話題がみつからない。足の具合のことを聞くのは父の機嫌を損ねる可能性があった。そうなったら帰り道が辛くなる。

「どうかな、ベイスターズは……」

悩んだ末に、いつもとは逆に僕のほうから野球の話題を持ち出した。もう9月なのだから、よく考えたら季節はずれの話題だった。

「今はお前、マリノスだろ」

父はボールを蹴る真似をしてニヤリと笑った。僕は思わず立ち上がった。

「サッカー？　父さんが……」

「横浜のスタジアムだって行ってるんだ」

父は自慢気に言った。

「へぇ……誰と？」

母とでないことは間違いない。睦やさつきと行ったという話も姉からは聞いたことがなかった。

「まぁ、いいじゃないか……」

父はちょっと照れ臭そうに言うと、わざと不機嫌な顔をしてみせた。でも、本気ではなかったのだろう、長続きはしなかった。

「一度行くか……坊主も一緒に」

父は、石を拾っては波に向かって投げていたあつしを顎で指した。

「そうだね……」

思わぬ展開に戸惑いながらも僕は相槌を打った。

「そのうちね……」

父の顔は見ずにそう言った。父も僕の顔は最後まで見なかった。

「船が沈んでる」

激しい波と風の向こうから突然あつしの叫び声が聞こえた。振り向くとあつしは僕たちふたりを見ながら遠くの浜辺を指差している。漁船だろうか、そこには白い船が舳先《へさき》を陸に向けた状態で砂浜に打上げられ、大きく傾いていた。寄せて来る波がその甲板を激しく叩いている。周りにはロープを持った漁師たちが数人その座礁した船を取り囲んでいたが、どうすることも出来ないようだった。あつしは船のほうへ歩いて行こうとしたが、父は今度は動かなかった。兄のあの日の事故を、もしかしたら思い出していたのかも知れない。

父と散歩をしたのはこれが最後になった。翌年には足にしびれが出て、階段はおろか、普通の道を歩いていても、つまずいて転ぶようになってしまったからだ。外へ出られなくなった父は、急に老け込んだ。男というのはそういう生きものなのかも知れない。風呂上がりに布団の上で自分の足をマッサージしている姿を一度だけ見掛けたことがある。あれほど筋肉質で、固く太かった父の足は、右足のふくらはぎだけが棒のように細くなっていた。その足は陽にあたってないせいか青白く、力無く皮膚がたるみ皺が寄っていた。それは子供の頃風呂場で見た祖父の性器を何故か思い起こさせ、僕は思わず目をそむけた。

「行きなさいよ、歯医者」

バス停に並びながら母は又同じ小言を繰り返した。昨日から二度目だ。

「うん……まぁ……そのうちね」

僕は時刻表をもう一度覗き込んだ。お昼を食べて帰りなさいという母の誘いを無理矢理断って僕たちは何とか帰路についた。父と母は名残惜しそうにバス停まで見送りに来た。

「そのうちそのうちって……。一本虫歯になると隣のもすぐ駄目になるんだから」

母は顔をしかめた。

「はい」

このあたりで小言は終りにさせようと、僕はわざと大きく頷いてみせた。

「抜くようになってからじゃ遅いんだからね」

母には僕の意思は伝わらなかったようだ。

「ハイハイハイハイ……」

早くバスが来ないかと僕は車道に身を乗り出してカーブの向こうを覗いた。ゆかりが隣でクスッと笑った。母の台詞が日頃自分があつしに言っているのと同じだったからかも知れない。彼女の手には昨晩母が選んだ着物と帯が、大きな風呂敷に包まれて持たれていた。父はみんなからは数歩下がり、海を背にして無表情に立っている。あつしはゆかりの白い日傘を抱いてバス停の先頭に並んでいた。

「土日はちゃんと休まないとね。もうあんまり若くないんだし」

母のおしゃべりはまだ続いた。

「なんだよ昨日はまだ若いんだからって言ってたくせに」

母の言葉のあまりのいい加減さに僕は思わず吹き出してしまった。その時、ようやくバスが遠くのカーブを曲がって姿を現し、一つクラクションを鳴らした。

「あぁあ、来ちゃった……」

母は残念そうに大きなため息を吐いた。

「あと何かなかったかしらね、言っとくこと……」

母は思案を巡らしていたがすぐに諦めた。そしてあつしの右手を両手で握って上下に揺すった。

「じゃあ、また遊びにいらっしゃいね」

あつしは小さく頷くと、握られた手を照れ臭そうにすぐに引っ込めた。ゆかりは目の前に出された母の手を自分から握りに行った。

「今度作り方を教えて下さい、大根のキンピラ」

「お安い御用ですよ」

母はニコリと笑った。父はそんな母の様子をやはり無表情にじっと見ていた。母は当然のように僕の前にも手を差し出した。

「いいよ俺は」

母の手を握るのはやはり照れ臭かった。

「ほら」

母は更に手を前に出した。僕は自分の手を背中に隠した。

「何の握手だよ」

「何だっていいじゃないよ」

その時、丁度バスが到着した。

さようなら、と丁寧にお辞儀をしてあつしは一番先に乗り込んだ。ゆかりは後ろを振り返り、

「じゃあお義父さん、また」

と挨拶している。

「じゃあ、またね」

僕は母に笑ってそう言うと、一番最後にバスに乗り込んだ。あつしはもうすっかり父と母のことは忘れてしまったように、昇降口に背を向けて路線図を見上げている。僕とゆかりは

一応気を遣って一番後ろの席に並んで座った。バスが動き出す。僕たちは後ろの窓から父と母に手を振った。遠ざかって行く母はしばらくバス停で手を振っていたが、父はすぐに車道を渡って歩き始めた。その後を母がサンダル履きで小走りに追い掛けていく。バスが海沿いを左へカーブしたところで、ふたりの姿はあっけなく見えなくなった。僕たちふたりは同時に前へ振り向いた。ゆかりがため息を吐いたのがわかった。

しっかり者とはいえ、慣れない嫁を演じてやはり気疲れしたのだろう。

「これでもう正月はいいだろう。年に一度で沢山だよ……」

僕はゆかりに言った。気疲れは僕も同じだった。

「あんまり御馳走になるのもあれだし。次は日帰りにしましょうか」

「だから言ったじゃない。やっぱり晩飯前に帰ればよかったんだよ、昨日」

「ちょっと食べ過ぎて一キロくらい太ったかも」

ゆかりが少し甘えたような声を出した。あつしが戻って来てふたりの間に腰掛けた。

「バス停7つ」

路線図を見ながら数えていたのだろう。今日のあつしはいつもよりどことなく子供らしくてホッとする。

「あっ……」

僕は思わず声に出した。ゆかりが何事かと僕を見て目を見開いた。

「思い出した。昨日言ってた相撲取り……」

あぁその話かとゆかりは気のない相槌を打った。

「黒姫山だ……」

そこに父と母がもういないのはわかっているのに僕は思わず振り返った。バスの後ろの窓から海沿いの道を見やり、ため息を吐いた。

「いっつもこうなんだよな。ちょっと間に合わないんだ……」

運転手がギアを変えたのか、バスはガクンと一度大きく揺れると速度を上げて走り出した。窓の外に流れていく海は、さっきまで荒れていたのが嘘のように、空を映して穏やかに青かった。


黒姫山の話はそれっきりになった。僕は結局父とはサッカーには行かなかったし、母を車に乗せてやることも一度もなかった。あぁ、あの時こうしていれば……と気付くのは、いつもその機会を僕がすっかり逃がして、取り返しがつかなくなってからだった。

人生はいつも、ちょっとだけ間に合わない。それが父とそして母を失ったあとの僕の正直な実感だった。

父の死は突然だったので僕は看病も出来ず、じっくり話し合うこともないままだった。正直死んだという実感がわかなくて、通夜の間も全く涙が出なかった。夜になって棺の中を覗くと父は口を開いていた。それはいびきをかいて寝ている時の表情そのままだった。口を開いたまま固まってしまったら、明日みなにお別れをしてもらう時にみっともない。どうしようと母や姉と相談してなんとか口を閉じさせようということになった。合掌した手のように紐でしばるわけにもさすがにいかない。僕は悩んだ末にタオルにくるんだトイレットペーパーを顎の下に置いて、これ以上口が開かないようにしてみた。僕が夜中にこっそり覗きにいくと、なんとか笑われない程度にはなっていた。もう固まったのかと思って顎に触ってみた。ザラッとした感触が指の先にあった。ひげだった。亡くなったあとには一度きれいに剃られていたはずだ。死んでから時間とともに皮膚が縮んでそんなことが起こるのだと、何かの本で読んだのを思い出した。

遠い昔、やはり、こうやって父の顎ひげに触ったことがあった。居間の畳の上に座った父のあぐらの上にお尻を乗せて、僕たちはテレビで野球を観ていた。僕の顔のすぐ脇に父の顎があった。その、剃り残したひげが時々僕の頰に触れるとチクチクと痛かった。

「痛いよ」

僕が言うと父はわざとその顎を僕の頰にすりつけた。その時の感触が甦って、僕はひとり棺の脇で泣いた。一度泣き出したらもう涙は止まらなかった。

　父と母を失って、僕はもう誰かの息子ではなくなった。その代わりといっては何だけれど、僕には新しく娘が生まれた。正直に言うと、そのことで父や母に対する様々な後悔や、欠落感が埋められるといった都合の良いことは起きなかった。失ったものは失ったままだ。ただ、子供がふたりになって、僕は必要に迫られて免許をとり、車を買った。そうやって様々なことは形と相手を少しずつ変えながら、繰り返されていくのかも知れない。それは嬉しいとか哀しいとかといった、わかりやすい感情ではない。わかりやすくない分だけ、人生そのものに近いような気がした。

　娘は笑うとどことなく母に似ている。高校生になったあつしが何を将来の夢に考えているのか、僕はよく知らないが、どうやら医者ではないようだ。ゆかりは夏になると、母にもらった着物を箪笥から出しては、着ようかどうしようか悩んでいる。

　もう少ししたら、そう、来年の母の命日には、家族4人であの海の見える墓地に行こうと思う。

　そこで、もしかしたら僕は、

「今日は暑かったから気持ち良いだろう」

などと言いながら墓石に柄杓で水をかけたりするのかも知れない。

帰り道に見掛けた蝶を指差して、

「あの黄色いチョウチョはね、冬になっても死ななかった紋白蝶が、翌年黄色くなって帰って来るんだって……」

と、手をひいた娘に向かって言ったりするかも知れない。

そうして母のことなど思い出しては、笑ったり泣いたりするのかも知れない。

この作品は二〇〇八年五月小社より刊行されたものです。
JASRAC出1602720-903

幻冬舎文庫

●最新刊
海よりもまだ深く
是枝裕和　佐野 晶

一度文学賞を取ったきりの自称作家の良多。そんな夫に愛想を尽かし、出て行った元妻。真面目な6歳の息子。47歳の息子を見守る母親。そんな元家族が、ある台風の夜を共に過ごすことになり。

●最新刊
はるひのの、はる
加納朋子

ユウスケの前に、「はるひ」という我儘な女の子が現れる。だが、ただの気まぐれに思えた彼女の頼み事は、全て「ある人」を守る為のものだった。切なくも温かな日々を描いた感涙の連作ミステリー。

●最新刊
ふたりの季節
小池真理子

私たちはなぜ別れたのだろう。たまたま立ち寄ったカフェで、昔の恋人と再会した由香。共に過ごした高校最後の夏が一瞬にして蘇る。三十年の歳月を経て再び出会った男女の切なくも甘い恋愛小説。

●最新刊
旅の窓
沢木耕太郎

「旅を続けていると、ぼんやり眼をやった風景のさらに向こうに、不意に私たちの内部の風景が見えてくることがある」。旅情をそそる八十一篇の小さな物語。沢木耕太郎「もうひとつの旅の本」。

●最新刊
去年の冬、きみと別れ
中村文則

ライターの「僕」が調べ始めた二つの殺人事件には、不可解なことが多過ぎた。被告には狂気が漂う。しかも動機は不明。それは本当に殺人だったのか？　話題騒然のベストセラー、遂に文庫化。

歩《ある》いても　歩《ある》いても

是枝裕和《これえだひろかず》

平成28年4月30日　初版発行
令和元年11月25日　3版発行

発行人——石原正康
編集人——袖山満一子
発行所——株式会社幻冬舎
〒151-0051東京都渋谷区千駄ヶ谷4-9-7
電話　03(5411)6222(営業)
　　　03(5411)6211(編集)
振替00120-8-767643
印刷・製本—中央精版印刷株式会社
装丁者——高橋雅之

幻冬舎文庫

ISBN978-4-344-42474-6　C0193　　こ-41-2

幻冬舎ホームページアドレス　https://www.gentosha.co.jp/
この本に関するご意見・ご感想をメールでお寄せいただく場合は、
comment@gentosha.co.jpまで。